잘있어주나의
내인생

잘있었니나의 내인생

너무 크지않고 너무 부족하지 않아
적당한 행복

김정한 에세이

MIRAE
BOOK

프롤로그 _6

Contents

프롤로그

시간이 흐르다 보니
사랑도 처음에는
씨앗 하나로 시작이 된다.

사랑할 수 있는 마음, 아프지 않은 몸, 욕심 없는
작가로 사는 지금이 더없이 행복하다.

스무 살 되기 전에는 분에 넘치는 사랑을 듬뿍 받으며 남부럽지 않게 살
았고,
대학을 졸업하고 멋진 직장의 회사원이 되었을 때에는 세상이 나를 위
해 열린 것 같았고,
진중하지 못한 선택으로 선생님의 길을 가던 서른부터 마흔까지 벼랑
끝 삶을 살았다.
열심히 살면 기적이 내게로 오는 줄 알고 바보처럼 착하게만 살았고, 시
간이 흐르면 한 번의 기적이 찾아올 거라 믿으며 우연에 기대며 살았다.
하지만 벼랑 끝 삶을 만나고 나서야 기적은 내가 만들어야 한다는 사실
을 깨달았다.
괴테의 시에 나오는 것처럼 '눈물과 함께 빵을 먹으며' 기적을 만들기

위해 죽을힘을 다해 살았다.

홀로 폭풍 같은 고통을 이겨내고 피가 흐르도록 벗겨진 상처를 치유하고 나니 내 나이 마흔.

행복을 찾아 십 년을 술래잡기를 하고 보니 내 행복은 '평범한 일상'에서 만난다는 것을…….

너무 가까이 있는 내 행복을 멀리서 찾으려 했으니…….

진정한 내 삶과의 해후. 주르르 눈물이 흐른다.

세상의 모든 것들이 나를 위해 존재하는 것 같아 눈물겹도록 고맙고 아름답다.

나에게 다시 돌아가고 싶은 날을 선택하라면 마흔 이후의 삶이다.

여전히 돈에 배고프고 권력에 배고프고 지위에 배고프지만,

그러나 지금이 좋다.

사랑할 수 있는 마음, 아프지 않은 몸, 욕심 없는 작가로 사는 지금이 더없이 행복하다.

행복의 최상의 조건, 머스트 해브 아이템must have item을 꼽으라 하면,
일, 돈, 건강, 명예, 사랑이다. 그러나 가장 중요한 것은 내 분수에 맞는
'적당함' 이다.
나를 행복하게 만드는 사람은 나 자신이며,
'내가 누구이며 무엇을 해야 하는가' 를 정확히 알면서 적당한 일, 돈,
건강, 명예, 사랑을 욕망하고 노력해서 가질 때,
삶의 최고의 가치인 행복의 주인공이 된다.

2013년 새해를 맞이하며
김정한

Happiness resides not in possessions, and not in gold, happiness dwells in the soul.

행복은 소유에 존재하는 것이 아니라 영혼에 사는 것이다.

데모크리토스Democritus, 그리스 철학자(BC 460?~370?)

Noble deeds that are concealed are most esteemed.

감춰진 숭고한 행위가 가장 존경받는다.

블레즈 파스칼Blaise Pascal, 수학자(1623~1662)

Nothing is impossible, the word itself says 'I'm possible'!

불가능한 것은 없다. '불가능하다'는 단어 자체가 '나는 할 수 있다'라고 말하지 않는가!

오드리 헵번Audrey Hepburn, 영화배우(1929~1993)

Success is a science; if you have the conditions, you get the result.

성공은 과학이다. 조건을 갖추면 결과가 나온다.

오스카 와일드Oscar Wilde, 소설가(1854~1900)

Immature love says: 'I love you because I need you.' Mature love says 'I need you because I love you.'

미숙한 사랑은 '당신이 필요하기 때문에 당신을 사랑한다'고 말하고, 성숙한 사랑은 '당신을 사랑하기 때문에 당신이 필요하다'고 말한다.

에리히 프롬Erich Fromm, 심리학자(1900~1980)

Do not dwell in the past, do not dream of the future, concentrate the mind on the present moment.

과거에 머물지 말고, 미래에 대해 몽상하지 말고, 현재 순간에 마음을 집중해라.

석가모니Buddha, 인도의 성자(BC 563?~483?)

Life is a dream for the wise, a game for the fool, a comedy for the rich, a tragedy for the poor.

인생은 현명한 사람에게는 꿈이고, 어리석은 자에겐 게임이며, 부자에겐 코미디이고, 가난한 이에겐 비극이다.

숄렘 알레이헴Sholem-Aleichem, 유대 작가(1859~1916)

행 복
———

가며을야를것
내이엇해가는
구무는아
누
하

그래도 사랑하라

사람들은 불합리하고
비논리적이고 자기 중심적이다
그래도 사랑하라

당신이 선한 일을 하면
이기적인 이유에서 하는 거라고
비난받을 것이다
그래도 하라

당신이 성실하면 거짓된 친구들과
참된 친구들을 만날 것이다
그래도 사랑하라

당신이 정직하고 솔직하면
상처받을 것이다
그래도 정직하고 솔직하라

당신이 여러 해 동안 만든 것이
하룻밤에 무너질지 모른다
그래도 만들라

사람들은 도움이 필요하면서도
도와주면 공격할지 모른다
그래도 도와주라

세상에서 가장 좋은 것을 주면
당신은 발길로 차일 것이다
그래도 가진 것 중에서
가장 좋은 것을 주라

마더 테레사

동행

소식이 없어도
만나지 않아도
늘 함께하는 사람

함께하기에 괴로워도
함께하기에 너무 아파도
헤어질 수 없는

그대와 나

아무리 힘들어도
다시 일어서게 하는 사람
그대…

그대와 나는
늘 함께하는 사람
오늘도
그대 오시는 길목에 서서
그대를 기다립니다

김정한

사랑

당신을 만나면 만날수록
더 깊은 그리움이 있고
당신을 알면 알수록
더 모르겠다는 생각이 들고
당신을 멀리하면 할수록
어느새 당신은 내 안에 있습니다
당신을 내 맘에 두기엔
당신은 너무 크고
나는 너무 작습니다
당신을 사랑하면 사랑할수록
더 깊은 고독이 밀려옵니다

김정한

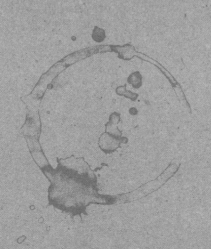

널, 사랑하니까

두 눈을 감고도
너를 볼 수 있냐고
넌 물었지

두 귀를 다 막고도
너의 소리를 들을 수 있냐고
넌 물었지

난 대답 대신
고개를 끄덕였잖아

두 눈으로 널 보지 않아도
두 귀로 네 목소리를 듣지 않아도
난 할 수가 있어

널 사랑하니까

너에게로만 열린
내 오감으로 알 수가 있거든

느낄 수가 있거든
너라는 사람을

김정한

그녀에게 꿈이 찾아오다

봄의
첫 잎으로 우려낸
우전차의 감촉은
얼음처럼 차가운
내 심장을
따뜻하게 녹여주고
오월의
녹차밭 풍경은
눈부시도록 푸른
서른 즈음의
내 청춘을 닮아서 좋다.

Chapter 1

몸으로 안을까, 영혼으로 안을까, 아니면 저절로 흩어져
그 어딘가로 날아가버리게 그대로 둘까, 한참을 바라보며 망설이다가
몸이든 영혼이든 바람이 시키는 대로 하기로 했다.

가끔 우연에 기대어
우두커니로 산다

✤

가끔 마법에 걸려 기적이 일어났으면 좋겠다.

삶에 있어 덧셈, 뺄셈, 곱셈, 나눗셈이 서툴 나지만 잠시만이라도 다 내려놓고 내가 아닌 남이 되어 자유롭게 살자.

습관처럼 정확한 삶의 계산을 위해 형용사로 아름답게 포장된 내 삶의 스케줄을 벗어나 우연에 기댄 채로 살고 싶다.

계산기 두드리지 않고 마음 가는 대로 생각하며 행동하는 원초적인 삶으로 돌아가고 싶다.

온종일 우두커니로 살자. 내 삶의 우회의 강인 잔인한 고뇌의 늪을 넘고 넘어 셈이 없는 곳으로 가자.

세상의 짐 다 내려놓고 우연의 새가 되어 발길 닿는 대로 마음 가는 대로 날아가 그 나무에 앉아 맘껏 울기도 하고 남의 시선 생각하지 말고 적당한 경계에서 적당한 몸짓으로 적당한 바람이 되어 유목의 삶을 살자.

가슴에만 담아둔 세상을 향해 하고 싶은 말, 자로 재거나 계산기 두드린 모든 것들이 이슬이 되거나 바람이 되어 날아가게 내버려 둔 채로.

우연에 기대어 우두커니로 살다가 다시 돌아오자.

내가 아닌 타인의 삶을 살 수 있는 우연의 시간이 허락된다면, 한 번쯤 그렇게 살고 보면 그들의 생각과 행동도 이해가 되고 너그럽게 받아들일 수가 있을 것 같다.

싫으면 싫다고 소리치고 화내고 싶으면 화도 내면서 원초적인 본능에 기대어 살자.

오늘처럼 지치고 힘겨운 날에는 더하고 빼고 곱하고 나누는 치열한 삶의 짐 다 내려놓고 멍한 우두커니가 된다.

울고 싶을 만큼 지치고 힘든 날, 우연아. 우연아. 또 이렇게 흔들리고 물든다. 너에게 물든다. 백일홍 꽃물 되어 너를 향해 붉게 물든다.

내일과 다음 생 중에
어느 것이 먼저 찾아올지 모른다

❊

티베트 속담에 "내일과 다음 생 중에 어느 것이 먼저 찾아올지 모른다"
란 말이 있다.

칼날 같은 이 메시지가 흔들릴 때마다 나에게도 곧 심장을 관통할 것만
같다.

나이가 많은 사람일수록, 삶이 힘든 사람일수록 내일보다 다음 생이 먼
저 올까 두려울 것이다.

누구는 남고 또 누구는 먼저 떠나야 하는 피할 수 없는 운명이 사람의
인연이다.

죽음 또한 한 번은 누구나 다 겪어야 할 삶의 과정이다.

어떻게 죽는 것이 행복한 생을 마감하는 것인지…….

아마도 정신적 고통이 멈추는 순간이 죽음일 것이고 죽고 나면 편안해
진다고 생각한다.

그 어떤 사람이든 한 번뿐인 삶을 잘 살고 싶어하듯이 죽을 때도 잘 죽

기를 간절히 바라고 있다.

자연적으로 죽든 병에 걸려 죽든 타인에 의해 살해당하든 어떤 죽음이
든 우리에겐 두려울 수밖에 없다. 내 삶이지만 온전히 내 뜻대로 할 수
없는 삶이기에 힘들 때마다 절대자에게 의지한다.

어떤 통계에 보면 전 세계적으로 매일 만 명이 자살을 시도하고 있고 그
가운데 이천 명이 매일 죽는다고 한다.

왜 그들은 죽음의 세계로 먼저 발을 들여놓는 것일까?

죽음을 선택하는 순간에는 얼마의 시간이 필요하겠지만 죽음을 결정하
고 실행하는 순간은 1분이 채 안 걸린다고 한다. 1분이 지나면 죽으려
다가도 이런저런 이유를 생각하며 죽음을 미루거나 포기한다고 한다.

한 번쯤 죽고 싶다는 생각을 안 해본 사람은 없을 것이다. 단지 실천에
옮기지 못할 뿐이다.

작가 디자이 오사무는 40세 나이를 일주일 앞두고 《인간실격》이라는 작
품을 완성하고 그는 비로소 죽음을 선택했다.

《인간실격》은 사상과 사랑이라는 두 가지 논제 앞에서 쓰디쓴 회한과
치욕을 느낀 작품으로 결국 자신의 자화상을 그린 작품이 되었다.

《인간실격》 끝부분에 보면 "지금 나에게는 행복도 불행도 없다. 그저 모
든 것은 지나간다"라고 쓰여 있다.

소중한 것은 함께할 때는 그 존재 가치를 평가하기 힘들다.

하지만 그 존재가 사라진 후에야 그 진가를 알 수 있다.

잘 사는 것도 준비가 필요하듯이 잘 죽는 것 또한 철저한 준비가 필요
하다.

선물present의
의미

❈

영어 단어에 보면 'present' 는 '현재' 라는 의미와 '선물' 이라는 의미가
있다.

어쩌면 현재는 그 누군가가 우리에게 던진 선물이다.

인생이라는 무대는 똑같은 시간을 가지고 경쟁을 한다. 모든 사람은 시
간 앞에 평등하다.

현재라는 시간을 어떻게 관리하느냐에 따라 어떤 이는 행복의 길로 들
어서고 어떤 이는 불행의 길로 간다.

결론적으로 행복과 불행은 부모 탓, 사회 탓으로 돌리기보다는 자신의
노력과 능력에 의해 결정이 된다.

내 선택과 결정에 따라 행동이 이루어지기에 성공의 마스터 키도 나에
게 있다.

신이 인간에게 내린 선물 중에서 가장 공평한 것이 있다면, 시간이다.

권력을 가진 사람이나 가난한 사람이나 똑같은 시간 속에서 서로 다른

일을 할 뿐이다.

시간의 주인이 되느냐, 시간의 노예가 되느냐에 따라 운명이 달라진다.

최선을 다하는 사람만이 결과가 만족스럽지 않아도 행복하다.

결국, 가장 행복한 사람의 기준은 시간의 주인으로 자신의 삶의 여정을 이끌어가며, 내가 누군가에게 '무엇이 될 수 있는 사람'이며 또한 결과에 만족하는 사람이다.

티베트의 속담에 "충분히 갖고 있다고 느끼는 사람이 부자다"란 말이 있듯이 결국, 행복은 만족이니까.

나를
모순에 빠지게 하는, 사랑

❈

영화를 보고 월간지에 보낼 원고 정리하고 나니 새벽 2시다.

세탁실에 걸려 있는 희디흰 속옷을 정리하다 내가 아닌 여자가 거울 속에 비친다.

욕망이 나비처럼 날갯짓하는 메타포의 향연, 마음은 마흔을 지났는데 몸은 여전히 서른 즈음인 듯 격렬하다.

아마도 내가 원하는 사랑의 방식으로 룰rule을 지키며 평생 아름다운 사랑을 하며 산다는 것은 쉬운 일이 아닐 거다.

사랑의 정의를 생각하는 사이 부르튼 눈동자는 길을 알고 있듯이 이미 창밖을 향하고 있다.

중심 잡지 못한 몸은 기다림의 노예가 되어 마음은 여전히 퇴근을 하지 못한 채 한밤중 길고양이가 되어 새벽길을 방황한다.

내 영혼의 사하라, 푹푹 찌는 한여름에도 추위를 느낀다.

사랑의 정답을 찾다가 해법마저 불투명한 오늘 사랑에 흔들리고 고단함에 비틀거리다 결국 삶에 지친 채 밤을 안는다.

이제는 앞으로의 삶이 느껴질 나이, 삶의 고단함이 침실로 먼저 가 드러 눕는다.

생각할수록 발목 깊이 쌓이는 고독의 병, 겉만 진지한 내 삶은 무엇이 고달픈지 오늘은 사막의 모래폭풍이 되어 사나워진다.

누군가에게 물어도 감히 대답을 들을 수는 없지만 이 순간 "사랑하기 때문에 결혼하지만 또 사랑하기 때문에 죽이고 사랑하기 때문에 자살한 다"는 〈살로메〉와 〈잔느〉 그리고 〈베르테르〉의 얼굴이 떠오른다.

아마도 사랑은 자체가 기쁨이기도 하지만 사랑하는 순간부터 고통이다.

사랑이라 함은 육체적 사랑과 정신적 사랑이 하나가 될 때 사랑이라 말 한다. 육체적인 행위sex는 사랑이라 할 수 없는 오로지 인간의 기본 욕 구를 충족시키는 운동exercise일 뿐이다.

내가 바라는 사랑은 육체적 에로티즘과 정신적 에로티즘이 함께하는 사 랑이다.

그것이 가장 완전하고 이상적인 사랑이지만 난 정신적 에로티즘을 더 좋아한다.

내 영혼을 흔들어놓는 사람, 그래서 그에게 다가가고 싶은 마음, 육체가 가진 폐쇄성을 허물고 서로의 영혼 속으로 들어가 '나'와 '너'라는 경계 를 허물고 '우리'라는 동시명사를 찾는 것, 그것 또한 사랑이라 생각하 는데 난 그 사랑에 가끔 빠진다.

일종의 소울메이트soul mate이다.

직접 마주하지 않아도 그를 생각하는 동안에는 사랑에 빠진 십대 소녀가 된다.

그 순간이 나에게는 행복을 느끼는 순간이다.

사랑이라는 것은 나를 웃게도 울게도 하고 때로는 고통스럽게도 하지만, 그래서 불행, 행복을 안겨주지만 진통제처럼 힘들고 지친 인생을 살아가는 데 가장 빠르고 강력한 힘을 발휘한다.

내가 숨쉬는 데 공기가 필요한 것처럼 그love가 없으면 단 한 시간도 살수가 없다.

나에게 사랑을 무엇이냐 묻는다면 "사랑이 곧 삶이다, 하지만 그love를 가까이할수록 나를 모순에 빠지게 하는 존재가 사랑"이라고 말하고 싶다.

선홍색 사랑의
꽃을 피웠다

❋

몸으로 안을까, 영혼으로 안을까, 아니면 저절로 흩어져 그 어딘가로 날아가버리게 그대로 둘까.

한참을 바라보며 망설이다가 몸이든 영혼이든 바람이 시키는 대로 하기로 했다.

검은 구름이 쓸려가며 세상을 진회색 컬러의 숲으로 물들이고 있다.

원을 그렸다가 흩어지는 고독이 사방에서 나를 끌어안는다.

하늘에 걸린 알파벳으로 나타난 이름을 몰래 훔쳐 침실로 가져간다. 이 밤 차갑게 밀려드는 고독 위로 방 하나 눕는다.

당신과 나의 비밀愛, 비밀 통로, 비밀 열쇠가 채워진 곳.

햇빛이 내 몸을 데워 해를 기다리는 꽃처럼 ……그 바람에 몸을 기울고 그 손길에 채색되는 한쪽으로만 기울어지는 중심 잡지 못하는 꽃이다.

그 눈빛, 그 손길에 갇혀 울고 웃는 꽃이 되었다. 한 사람이 불러주는 이름의 꽃이 되었다. 그 나무에만 피고 지는 꽃이 되었다. 그 눈길이 마지막으로 보는, 마지막으로 피는 꽃이 되었다.

강물 속으로 또 다른 강물이 흐르듯이 그리움 속으로 또 그리움이 흘러 내린다. 확인할 수 없는 내 안의 그 무엇이 자꾸만 허물어진다. 가만히 흐르는 눈물, 소리 없이 흔들리는 몸짓, 또 하나의 사랑이 이 밤 하얗게 쏟아져 내리는 달빛에 뒤섞인다.

블라인드는 내려지고 어둠마저 소리를 삼킨다. 형체도 없이, 소리도 없 이 밤새도록 그렇게 사랑을 앓더니 결국 선홍색 사랑의 꽃을 피웠다.

행복이 무얼까

❀

행복은 보이는 것이 아니라 비교와 생각 속에 느껴지는 것이다.

인생은 삶 전체가 어둠일 때도 없고 삶 전체가 빛일 때도 없다. 어둠과 빛이 조화를 이루면서 밀고 당기고 스며들어 지나간 어둠조차 편안해질 때 행복을 느낀다.

한평생을 살면서 좋아하는 것들, 좋아하는 사람만으로 인연을 맺을 수는 없다. 때로는 싫어하는 것들, 싫은 사람과의 인연 속에서 더 강해지고 더 철저히 살아가는 법을 배우기도 한다.

과거도 중요하지만 과거의 화려한 경력이 현재 하는 일에 걸림돌이 될 수 있다.

과거에 어떤 사람이었든, 과거에 무엇을 했든 과거일 뿐이다.

성공하는 데 실패한 사람들을 보면 과거에 집착한 사람들이 대부분이다.

행복해지는 삶은 현재가 중요하다.

내가 원하는 일을 하는 사람이 행복한 사람이 아니라 내가 지금 하고 있는 일을 좋아하는 사람이 진정 행복한 사람이라 할 수 있다.

내가 원하는 사람들과 함께하는 사람이 행복한 사람이 아니라 지금 나와 함께 있는 사람을 좋아하는 사람이 행복한 사람이라 할 수 있다.

행복은 지위의 높고 낮음 그리고 돈이 많고 적음에 상관없이 모든 계층의 사람이 적당한 거리에서 울고 웃으며 정상까지의 오름, 그리고 적당한 추락과 상실을 겪어야만 진정한 행복은 찾아온다.

K에게
혼자인 순간 나를 만난다 1

❋

빙어 축제를 스케치하러 가다가 인제군 원대리 자작나무 숲에서 길을 잃었다.

가끔 목적지가 아닌 곳으로 흘러가는 인생처럼 여행도 목적지가 아닌 곳에서 길을 잃고 마음을 내려놓을 때가 있다.

오늘이 그런 날이다. 자작나무 숲은 순백의 세상이었다.

마르나 젖으나 '자작자작' 소리를 내며 타는 자작나무는 하얀 껍질이 주는 신비감도 있고, 만화 '빨강머리 앤' 속에 나오는 주근깨 가득한 소녀 앤과 친구 다이애나가 뛰놀던 숲이기도 하고, 영화 '러브 오프 시베리아'에서 시베리아열차 뒤로 끝없이 펼쳐진 숲이기도 했다.

무성한 나뭇잎 사이로 비치는 햇살이 새하얀 나무에 걸려 반짝인다.

자작나무를 심어 숲을 만들려면 30년을 기다려야 한다는데…….

그래서 숲속의 귀족이라는 이름이 붙여진 듯하다.

숲으로 들어서니 휴대폰도 터지지 않는다. 자작나무 숲이 문명과의 접

그녀에게 꿈이 찾아오다

33.

촉을 끊은 듯하다.

흰 입김을 뿜으며 자작나무 사이로 난 오솔길을 천천히 걸었다.

마치 살이 빠져나간 생선의 흰 뼈처럼 잎을 다 떨구고 서 있는 자작나무의 흰빛이 너무 아름다웠다.

차고 맑은 박하 향내가 세상 모든 고통을 빨아들인 듯하다.

자작나무 숲길을 지나가는 사람들이 네 살박이 아이의 해맑은 표정으로 웃고 있으니까.

나도 그 빛깔과 향기 속에 욕망에 찌든 몸과 마음을 빨래처럼 담가 흔들어 씻었다.

얇은 종잇장을 여러 겹으로 붙여놓은 것 같은 매끈한 수피를 매만지면서, 곧게 치솟은 가지를 올려다보면서, 자작나무처럼 내 삶도 더 이상 흔들려서 굽거나 뒤틀려지지 않았으면 하는 바람을 가져본다.

소나무가 수묵화처럼 동양적인 아름다움을 갖고 있다면, 자작나무는 도시적인 향이 짙은 수채화 같다.

빼곡한 숲을 이루고 있는 낙엽이 두툼하게 깔린 자작나무 숲길을 걷다 보면, 금방이라도 북유럽 동화 속에 산다는 '숲의 정령'이 튀어나올 것만 같다.

반대편 능선에 사그락거리는 바람소리가 들리지만, 숲은 동전 하나 떨어지는 소리도 들릴 만큼 고요하다.

가끔씩 두툼한 낙엽을 딛고 달리는 산토끼도 보이고, 이름 모를 겨울새도 지나간다. 이곳에서 길을 잃기를 참 잘했다는 생각이 든다.

복잡했던 머릿속이 모두 정리가 되는 치유의 시간을 가졌으니까.

자연은 더 많이 갖기 위한, 더 높이 오르기 위한 경쟁도 다툼도 다 내려놓게 하고 흐르는 시간까지 정지시키는 힘이 있다.

반칙하지 않고 숲속의 모든 것들과 눈을 맞추면서 길따라 한참을 들어가니, 한때 50여 가구가 살았다는 회동마을이 나온다.

집은 다 허물어지고, 묵은 밭에는 억새만 가득 피어나 출렁거리고 있는 곳.

가로등도 없는 시절, 도로에서 산길로 족히 몇 시간을 걸어 들어와야 하는 이리 깊은 산중에 마을이 있었다니……

자연만큼이나 삶에 대한 사람의 의지도 강하다는 것을 느낀다. 자연과 함께 서로를 품고 의지하며 위로하며 사는 삶이 행복이라는 것을 다시금 느낀다.

8.9킬로미터 이어진 자작나무 숲길을 반칙 없이 발길따라 걸어가면 길 끝에서는 다시 처음 들어갔던 입구가 나온다.

원점으로 회귀하는 자작나무 숲길을 보며 빈 몸으로 왔다가 한 줌의 흙이 되어 돌아가는 인생과 같다는 생각이 들었다.

어쩌면 앞으로의 내 인생도 반칙 없이, 욕심 없이, 집착 없이 발길따라 난 자작나무 숲길을 걸어가듯 천천히 내 앞으로 난 길을 조심스럽게 걸어간다면, 고통도 분노도 욕망도 아픔도 반으로 줄어들어, 목적지에 도

착할 즈음에는 지금보다 더 편안하지 않을까 하는 기분 좋은 생각을
했다.
꼭 그렇게 되도록 노력하며 살 거라 다짐을 하며 서울로 네비게이션을
다시 맞춘다.

K에게
혼자인 순간 나를 만난다 2

❄

앞만 보고 걷고, 달리기만 했던 나에게 독감은 신이 선물한 고마운 선물
이었다.

일주일 병가를 내고 은비령 고개를 넘기로 했다.

산과 바다는 나에게 삶의 동반자라 생각하는데, 의미는 많이 다르다.

차를 타면 바다는 쉽게 갈 수 있어 평탄했던 지나온 내 삶을 보는 듯하
고, 산은 오르고 내려오는 일을 수없이 반복해야 하기 때문에 평탄하지
않았던 내 삶의 한 부분을 보는 느낌이다.

주로 바다로 많이 가지만, 삶의 한계 상황을 느낄 때에는 산으로 간다.

나 자신을 돌아보고 인내심도 키우고, 아니, 더 쉽게 말하면 단단하고
독해지기 위해서다.

일이 뜻대로 풀리지 않아 며칠 꽉 막힌 터널에 갇힌 느낌이 들어 숨쉬기
도 어려울 만큼 많이 힘들었다. 그것이 감기로 이어진 것 같다.

속으로만 꿍꿍 앓다가 지면 안 되겠다는 생각이 들어 아픈 몸을 일으켜

차를 끌고 한참을 달렸는데, '여기서부터 강원도입니다' 하는 표지판을 보고 나니 그제서야 편안해졌다.

소양호로 갈까, 인제로 갈까 하다가 갑자기 생각난 곳이 소설 제목이기도 한 '은비령'이었다. 작심하고 은비령을 넘기로 했다.

한계령을 넘을 때는 내 인생의 험난했던 벼랑 끝 순간이 떠오른다.

마치 내 인생의 고비를 보는 느낌이다.

한계령을 타는 내내 길은 꺾어지고 또 꺾어졌다. 조금만 벗어났다가는 어디로 떨어질지 모른다.

정해진 길을 벗어나면 괴로움과 고통이 따르는 인생과 비슷하다는 생각을 했다.

한계령 정상에서 양양으로 가는 고갯길을 오르막과 내리막 그리고 바른 길, 굽은 길을 멀미를 해가며 수차례 넘고 나니 귀둔마을로 들어서는 은비령을 만났다.

작가가 소설화하기 이전에는 은비령이란 이름조차 없었던 곳.

작가가 지도를 바꾼 셈이지만…….

자동차도, 사람도, 길도 느림의 미학을 느낄 수 있는 곳이다.

인제와 양양을 연결하는 고개가 한계령이라면 은비령은 그 샛길이다.

마치 소설 속의 주인공을 만난 듯 필례약수터에 도착했다.

소설 속 주인공이 머물던 그곳 '은자당' 자리에 필례약수터가 있었고, 그곳에서 붉은색 조롱박으로 물을 마셨다.

비릿한 맛과 톡 쏘는 맛이 탄산수 같았다.

가까운 거리에서도 볼 수 있는 자작나무들이 바람에 흔들리는 모습이 눈물겹도록 아름다웠다. 열도 많이 나고 머리도 아프고 정말 견딜 수 없는 감기인데도 기분이 좋아지고, 마음이 편안해지니 몸도 새털처럼 가벼워진 느낌이다.

한 폭의 그림을 보는 듯 아름다운 풍경에 취해버려 시간까지 멈춘다.

"은비령 세상은 멈추어 서고 2500만 년보다 더 긴 시간을 은비령에 갇혀 우주 공간의 사랑에 빠진 남녀가 그곳에 있었던 것 같다"라는 소설 속 이야기처럼……

소설 속 장면을 더듬다 보면 은비령의 신비로움에 시간과 공간을 뛰어넘는 무아의 경지에 이르는 듯하다.

여행이 좋은 건 눈으로 보고 머리로 생각해야 하는 생활과 달리 그저 가슴으로 느끼면 되는 일탈의 편안함 때문이 아닌가 싶다.

느리게 걸으며 가슴으로 느끼는 여행은 걷다 보면 인생을 배우며 찾아가게 되고, 걷는 것에 몰입하다 보면 지나온 삶을 들여다보게 한다.

한계령을 지나는데 도로 곳곳이 지난해 수해로 유실되어 여전히 복구 중이었다. 이 또한 쓰러지고 실패한 상처받은 내 인생의 아픈 흉터를 보는 것 같아 마음이 철렁 내려앉았다.

결국 여행은 나 자신을 돌아보고 앞으로의 방향을 수정하는 기회를 갖는 숙려의 시간이라는 것을.

그래서 자연을 보면 볼수록 내 인생의 봄, 여름, 가을, 겨울을 연상하게
된다.

사람과 비슷한 삶의 질서에 따라 움직이는 자연의 법칙을 바라보며 욕심
내지 않고 느림의 미학으로 더 반듯하게, 따뜻하게 살리라 다짐해본다.

한계령 정상에서 바라본 설악산의 장엄한 풍광과 저 멀리 동해바다의
모습은 나를 찾기 위해 떠난 최고의 여행이었다.

서른, 그리고 마흔……
운명과 마주치다

❋

행복은 성적순이 아닐지 몰라도 성공은 성적순일 때가 많다. 그래서 상처를 주고받으며 치열하게 산다.

일에 치이고 사람에 부대끼고, 꿈과 이상이 달라 방황하는 서른은 흔들림의 시기이다.

그래서 나는 서른을 철이 들지 않은 어른아이라 한다. 겉모습은 어른이지만 전신에 상처가 생겨 피가 나고 쓰라린 시기이다.

삶의 상처가 너무 심해 죽을 만큼 아파도 상처에 약을 발라주는 사람이 없어 혼자서 숨어 울던 경험이 있다.

서른은 부모에게 의지할 나이도, 투정 부릴 나이도 아니다. 혼자서 감당해야 할 것들이 너무 많다.

그래서 상처가 많아지는 서른이다.

나를 찾아온 시련과 고통을 온몸으로 껴안고 이겨내야 성숙한 어른이된다. 내 안의 컨트롤타워를 잘 조정해야 덜 아프고 덜 상처받는 서른을 보낼 수가 있다.

몸이 다치면 상처의 정도에 따라 아픔의 강도를 가늠할 수 있지만, 마음의 상처는 경험하지 않고서는 이해하기도 가늠하기도 힘들다.

상처는 원인과 치료방법을 알아야 상처에서 해방될 수 있다.

상처에서 해방되지 않으면 인생은 추락하게 되고 결국 패배자가 된다.

상처를 아물게 하기 위해서는 그 상처에 대해 정확히 알아야 한다. 상처 난 곳을 소독하고, 연고를 발라주고, 밴드를 붙여 물이 안 들어가도록 해야 흉터 없이 잘 아무는 것처럼 마음의 상처 역시 마찬가지다. 아프지 않게 치유하는 기술을 익히는 것도 중요하다.

상처를 주지 않고, 받지도 않는 가장 좋은 방법은 세상과 끝없이 소통하고 화해하는 것이다. 그것만이 서른에 만나는 아픔의 트라우마를 극복할 수 있는 방법이다.

상처와 아픔에 있어서 나는 늘 피해자였고 상대방 또는 세상이 늘 가해자였다는 생각은 버려야 한다. 피해의식이 어쩌면 상처와 아픔을 더 짙게 만들지도 모르니까.

누구에게나 잊히지 않는 상처가 있고, 사람은 상처를 받으며 살아간다. 어쩌면 인생 자체가 상처를 주고받는 것인지도 모른다. 그래서 석가모니도 인생을 고해苦海라고 하지 않았던가.

작가의 삶을 살아가는 나도 서른부터 마흔이 되기 전까지 '살 것인가, 죽을 것인가To be, or not to be' 를 생각할 만큼 삶이 참 힘들었고 상처도 많이 안았다.

누구 말대로 선택을 오지게 잘못해서 수많은 시행착오도 겪었다.

지금 생각해보면 그 고통, 그 상처가 없었다면 현재의 나도 없었을 것이다. 한 번의 뼈 아픈 실수가 내 삶의 행로를 바꾸게 했고 결국 운명까지 바꿔놓았다.

실수가 남긴 삶의 교훈은, 어떤 일을 선택할 때에는 서두르지 말고 한 템포 느리게 머리로 생각하고 결정할 때에는 가슴으로 매듭지리라는 깨달음이다.

진중함, 그것이 이제는 나의 장점이 되었다.

청춘의 상처와 시련은 꼭 필요하다.

패배자가 될 수 없다는 생각에 오기도 생겨 다시 일어나게 되고, 상처는 단단하게 살게 하는 튼튼한 근육이 된다.

모든 사람이 한 번쯤 누군가에게 상처의 가해자나 피해자가 된다. 상처를 주고받으며, 상처를 치유하며 살아가는 것이 인생이다.

나무가 버려야 할 것이 무엇인지 아는 순간 잎을 붉게 물들이는 것처럼 사람 또한 살아가며 상처를 입고 시련을 견디며 '나는 누구이며 무엇을 하며 어떻게 살아야 하는가'를 정확히 알 때 기적 같은 삶이 나를 찾아온다.

간절함 그리고 절박함이 기적을 부르는 것이니까.

행복한 삶은
무엇일까

❖

언젠가 TV에서 '동물의 세계'를 보았는데, 동물의 세계는 '강한 자만 살아남는다'는 정글의 법칙이 통하는 세상이다.

먹잇감을 향해 죽을힘을 다해 쫓아가는 동물과 죽지 않기 위해 있는 힘을 다해 도망가는 동물, 결국 먹잇감을 잡지 못한 표범은 다음 날 굶어 죽었다는 내용이다.

동물은 배부르면 먹는 것에 관심이 없다. 배고파야 죽기 살기로 먹이를 찾는 것이 그들의 생존법이다.

인간의 세계처럼 배고프지 않아도 빼앗아 축적하지는 않는다.

얼마 전 도배사 일을 하며 글을 쓰는 등단 11년차 작가의 가슴 아린 기사가 방송을 탄 적이 있다.

연봉 1300만 원을 받고 도배와 장판 까는 일을 한다. 그것도 유명 대학을 졸업한 사십대 가장의 슬픈 이야기이다.

아마도 그에게는 글을 쓰는 것이 최고의 일일 것이다. 그러나 글 쓰는 것으로 밥벌이가 되지 않기 때문에 비정규직으로 일을 하면서 자기가 좋아하는 글을 쓴다고 한다.

그의 최고 목표는 대기업에 취업하는 것도 아니고, 단지 전업작가로 살면서 세 식구가 밥을 먹으며 평범히 사는 것이라 했다.

코끝이 찡해지는 지극히 소박한 꿈이다.

그의 아내 역시 편의점에서 주말에 시간제 아르바이트를 하며 남편의 꿈이 이루어져 신경숙, 이외수처럼 베스트셀러 작가는 아니더라도 밥을 먹을 수 있는 전업작가의 길을 가게 되길 간절히 바라고 있다고 했다.

옛말에 부창부수夫唱婦隨란 말이 있다.

영어로는 'conjugal harmony'로 남편이 주장하는 것을 아내가 잘 따른다는 의미이며, 사이 좋은 커플을 비유적으로 이르는 말이다.

어떤 사람은 그에게 왜 회사원으로 살지 않느냐고 하겠지만, 작가의 삶을 살고 있는 내가 생각하기에는 그에게 있어 삶의 목적은 글 쓰는 것이고 생활은 두 번째 일로, 배고픈 것만 해결되면 된다는 지극히 욕심 없는 낭만파의 삶을 꿈꾸고 있는 것이다.

매달 회사원처럼 일정한 월급이 들어오지 않는 전업작가로 사는 가장은 고단하고 두렵고 아프고 슬프다.

작가뿐만 아니라 세상의 가장 무거운 짐을 어깨에 지고 묵묵히 가족을 위해 스물네 시간 달리는 가장이 많다.

땀이 차고 마르고, 그래서 땀냄새가 찌들도록 일을 해야 하는 것도 가장의 책임이고 의무이다.

"거미는 불도 없는 밤에 거미줄을 친다"라는 영국의 소설가 디킨즈의 말처럼, 먹이를 얻기 위해 쉬지 않고 거미줄을 짜야 하는 서글픈 거미 인생이 가장의 모습이 아닐까?

그래서 고독하고 외로운 존재가 가장이다.

어렸을 적 기억으로 아버지가 한참 후배에게 승진에서 밀려 낮술에 취한 채 자식들을 앉혀놓고 하신 말씀이 생각난다.

"너무 힘들어 다 포기하고 싶지만 너희들이 있어 버틴다. 얘들아, 열심히 살아라."

지금도 그 한마디가 유언처럼 메아리친다.

그래, 열심히 살아야지.

아버지에게 그 말을 들은 내 나이가 열네 살이었다.

그때 난 아버지를 안아드리며 토닥여주지 못했다.

아버지 마음을 이해할 수 없는 세상 물정 모르고 철이 없던 열네 살이었으니까.

지금 생각하면 세상살이가 너무나 고단했을 아버지, 그래서 더욱 외롭고 괴로워서 술을 많이 드셨던 것 같다.

괴로움을 풀 수 있는 방법은 술뿐이었으니까.

내가 가장이 되고 보니 잃어버린 것도 빼앗긴 것도 많을 텐데 늘 괜찮은 척 내색 한번 하지 않으셨던 그때 아버지의 심정이 이제서야 이해가 된다.

아마도 아버지의 그런 쓸쓸한 모습을 이 나이에 보았다면 말없이 꼬옥 안아드리며 등을 토닥였을 것이다.

아버지, 힘내시라고.

연어처럼 누군가의
배경이 되고 싶다

❊

청춘 시절에 나는 힘들 때마다 연어의 삶을 생각하며 용기를 얻었다.

연어는 태어난 곳으로 돌아와 알을 낳는 하나의 목표를 갖고 일생을 산
다. 그 꿈을 이루기 위해 거친 물살을 헤치고 바다를 항해하다 강을 거
슬러 어미의 강으로 돌아온다.

만일 힘들다고 포기하고 그 강물에 몸을 맡기게 되면 새들의 먹이가 되
어 죽고 만다.

일생에 단 한 번 알을 낳는 연어는 알을 낳고 멋지게 죽느냐, 아니면 알을
낳지 못하고 새의 먹이가 되어 비참하게 죽느냐의 선택만 있을 뿐이다.

연어의 육체는 자식을 위해 먹이가 된다.

이 세상에서 가장 아름다운 풍경은 자식을 낳고 자식에게 몸을 주고 가
는 것이리라.

사랑하는 사람에게 그리고 누군가에게 무엇이 된다는 것은 아름다운 삶
이다.

사람의 일생도 연어의 생애와 다르지 않다. 삶을 시작한 순간부터 뚜렷한 목표 없이 시간의 노예가 되어 흐르는 시간에 나를 맡겨 세상의 먹이가 되든지, 아니면 나에게 맞는 목표를 정해 시간의 주인이 되어 내 먹이를 갖든지 두 가지 중 하나를 선택해야 한다.

그러나 어느 것을 택하든지 그 끝은 연어와 마찬가지로 단 한 번 살다가 죽는 것이다.

세상이라는 거친 강물에 목표 없이 자신을 맡긴다면 그것은 브레이크 없는 자동차를 몰고 언덕을 올라가다가 액셀에서 발을 내려놓는 것과 같다.

최고의 삶을 바란다면 다치는 일이 있더라도 액셀러레이터를 계속 밟고 마지막 목표까지 올라가야 한다.

마치 연어들이 알을 낳고 죽기 위해 세찬 강물을 거슬러 올라가는 것처럼……

단 한 번의 삶, 사람으로 세상에 던져졌지만 어쩔 수 없이 살기 위해서가 아니라 멋있게 살다가 죽어야 한다. 많은 것을 갖기 위해서가 아니라 아름다운 삶을 살아야 한다.

쉬운 길을 선택하기 시작하면 쉬운 길로만 가려고 할 것이고, 곧 거기에 익숙해지고 만다.

하지만 상처를 입더라도 폭포를 뛰어넘는 순간 최고의 쾌락을 느낄 것이고 성취감과 자신감은 하늘을 찌를 것이다.

긴 여행을 하다가 고향으로 돌아와 앵두빛 알을 낳고 자식의 배경이 되는 연어의 삶처럼 누구나 한 번쯤 장엄하고도 아름다운 풍경을 연출하고 싶어한다.

나 역시 가족의 구성원으로 사랑하는 사람들에게 든든한 배경이 되지 못했다.

그러나 내 글을 읽는 독자들에게는 조금의 배경이 되었을지도 모른다.

내 한 줄의 글을 읽고 삶의 길을 잃었던 누군가가 방향도 찾고 중심도 잡았다면 누군가에게 힘이 되었다는 것이고 작가의 삶을 살아가는 나에게는 최고의 보람이고 가치다.

누군가를 위해 든든한 배경이 되기 위해서는 목표가 뚜렷한 삶, 끝없는 도전이 필요하며 실패에도 포기하지 말아야 한다.

이 세상에 존재하는 모든 것들은 이유가 있고 반드시 그 누군가의 배경이 된다.

부모는 자식의 배경이 되고 자식은 또 성숙해 부모의 배경이 된다.

누군가에게 힘이 되고 가치 있는 배경을 만들어주는 것이 삶의 목표가 아닐까.

그것이 내가 존재하는 이유이고 살아 있다는 증명서가 될 테니까.

가시고기처럼
누군가의 배경이 되고 싶다

❋

나의 역할과 존재가치를 생각할 때마다 아버지 '가시고기'를 떠올린다.

아버지 '가시고기'는 자식에 대한 사랑이 지극하기로 유명하다.

가시고기는 바다에서 살다가 산란을 위해 암컷을 데리고 봄이면 하천으로 온다.

암컷은 알을 낳으면 미련 없이 둥지를 떠난다. 수컷은 알의 배경이 되고 죽어서까지 희생한다.

알을 먹기 위해 모여드는 수많은 물고기를 내쫓고 알들에게 앞지느러미를 이용해 부채질하며 끊임없이 둥지 안에 물을 넣어준다.

알이 부화해 새끼들이 제 몸을 추스릴 때까지 새끼들이 둥지 밖으로 나오면 다시 둥지 안으로 밀어넣는다.

부화하고 5일 정도가 지나면 새끼들은 스스로 몸을 보호할 수 있다.

하나둘 새끼들이 둥지를 떠나고 마지막 한 마리까지 안전하게 떠나보낸 후 아버지 가시고기는 그 자리에서 삶의 최후를 맞는다. 둥지 짓기부터 새끼들을 모두 떠나보내기까지 약 15일간을 아무것도 먹지 않고 오직 새끼를 위해 정성을 기울인다.

가시고시의 최후를 보면 화려했던 몸 색깔은 온데간데없고 여기저기 상처투성이다.

결국 애지중지 자식들을 지키던 둥지 앞에서 마지막 숨을 거둔다.

며칠 후 둥지를 떠났던 새끼들은 죽은 수컷 주위로 모여든다.

그 새끼들이 모인 것은 아버지의 죽음을 슬퍼하기 위해서가 아니라 죽은 아버지의 살을 파먹기 위해서다.

아버지 가시고기는 죽어서까지 자신의 몸을 새끼들의 먹이로 내어준다.

가시고기는 처음부터 끝까지 헌신적이고 희생적인 아버지의 사랑을 보여준다.

가시고기의 삶의 목표는 오로지 하나이다. 암컷이 산란한 알을 부화시켜 알에서 깨어난 새끼 가시고기들이 스스로 자신을 보호할 수 있을 때까지 든든한 배경이 되는 것이다.

지나온 내 삶을 돌아보며 나는 누구를 위해, 누구에게 든든한 배경이 되었을까 스스로에게 물어보지만, 부모에게도 자식에게도 그 누구에게도 든든한 배경이 되지 못한 것 같다.

오로지 내가 원하는 하나의 꿈을 향해 달리고 있지만 여전히 바람 앞의 촛불처럼 위태롭다.

때로는 포기하려고 정지선에서 오래도록 멈춰 있기도 했다.

아마도 가시고기처럼 처음부터 하나만을 생각하며 달려왔다면 오래전에 최고의 삶은 아니라도 최선의 삶을 살고 있을지도 모른다.

이 길도 내 길인 것 같고 저 길도 내 길인 것 같아 이 길 저 길을 두루 거닐며 왔고, 걷다가 힘들면 지나가는 차를 타고 쉽게 가는 방법을 생각하기도 했다. 그래서 가까운 길을 두고 먼 길을 돌아서 왔다.

늦은 감이 있지만 이제서야 나의 길을 찾았다.

이제는 알 것 같다.

내 것이 아닌 것에 대한 집착이, 가지지 말아야 할 욕망이 나를 고통스럽게 한다는 것을.

그 사소한 집착, 헛된 욕망을 버리는 순간 나를 에워쌌던 두려움도 사라지고 편안해진다는 것을……

많은 것을 내려놓고 떠나보내고 나서야 알게 되었다. 분명 삶과 죽음은 선택할 수 없지만 행복해지는 것은 마음먹고 행동하기에 따라 달라진다는 것이다.

그 진리를 깨달은 것이 삶의 정답을 찾은 것이고, 나를 위한 든든한 배경이다. 비록 엄청난 수업료를 지불한 대가이지만.

머스트 해브
아이템

❀

스무 살 즈음에는 자신감과 용기 그리고 도전정신만 있으면 못 이룰 것
이 없을 거라 생각했는데, 서른 즈음에는 노력해도 안 되는 것이 있다는
것이 현실로 와닿기 시작했다.

'내 삶을 행복으로 이끄는 조건은 무엇일까?'에 대한 결론은, 돈도 있
어야 하고 명예도 있어야 하고 건강도 받쳐주어야 한다는 것이다.

서른 즈음에는 이상과 현실의 사이에서 흔들리고 방황하지만, 결국 현
실적인 문제를 받아들인다.

행복의 '머스트 해브 아이템'인 돈, 명예, 건강을 쫓아 사람들은 세상
속으로 들어가 치열하게 산다. 이 세 가지 중에서 한 가지라도 부족한
상태가 되면 자신이 무능하다고 생각하거나 자괴감에 빠진다.

심하면 흔들리거나 방황하며 가야 할 길을 잃기도 한다.

하지만 노력해야 가질 수 있는 것이 돈이고 명예고 건강이다. 조금만이
라도 소홀하면 떠나버리는 것들이다.

행복에 있어 절대적인 기준은 없다.

남의 인생을 시기하거나 부러워하지 말고 내 인생을 있는 그대로 받아들이며 사랑할 때 인생은 빛이 난다.

운명은 불변의 법칙이 아니라 애써 노력하면 비록 나쁜 운명을 타고났더라도 좋아지는 것이다.

노력하지 않고 자신의 운명을 비난만 하면 평생 나쁜 운명의 노예가 되어 불행한 삶을 산다.

"하늘은 스스로 돕는 자를 돕는다Heaven helps those who help themselves"란 말이 있듯이 노력하면 100퍼센트 다 이룰 수는 없더라도 70퍼센트는 이루어진다.

실패해도 다시 일어나는 용기와 할 수 있다는 스스로에 대한 확고한 믿음이 있다면 인생에 있어 못 이룰 것은 없다.

"시작이 반이다"란 옛말처럼 실천을 하면 절반을 이룬 것이다.

서른 살,
가장 눈부신 나이

❈

서른 살은 금빛 햇살이 쪼개지는 눈부신 아름다움을 창조하는 봄의 절
정기다. 마치 세상이 나를 위해 열려 있다고 느낄 만큼 기쁨, 행복을 만
날 기회가 많다.

최고의 향기와 아름다운 꽃을 피우는 시기이지만 선택과 결정을 제대로
하지 못하면 머지않아 상처를 안게 될 수 있다.

가시 돋힌 장미꽃이 피는 시기가 서른이다.

그 안에 두려움이라는 가시가 숨어 있다.

느닷없이 쏟아지는 소나기를 두 손으로 가릴 수 없는 것처럼 만족과 성
숙을 안는 동시에 예고 없이 들이닥치는 가까운 사람과의 영원한 이별
을 만나는 때이다.

가장 큰 고통은 가족의 죽음이다. 빠르면 서른 살에 겪기도 하는 가장
슬프고도 고통스러운 상처이다.

삶의 절반이 지나기도 전에 찾아드는 아픔과 고통이 삶의 의문을 던지

기도 하고 제대로 견뎌내지 못해 방황하고 흔들린다.

거기에다가 내가 꿈꾸던 사회적 위치에 있지 못하면 직장생활에 적응을 못한다.

이상적인 꿈과 현실적인 생활 사이에서 오래도록 고민하고 아파한다.

서른 살, '나는 누구이며 무엇을 위해 사는가'에 대한 질문에 답을 찾아 많이 고민하고 선택해서 철저히 계획하고 실천해야 이상적인 꿈과 현실적인 생활이 조화를 이루어 안정된 삶을 살 수 있다.

"인생에 있어 가장 어려운 것은 선택이다 The difficulty in life is the choice"란 말이 있듯이 그 어떤 선택을 하든 결과에 대한 책임은 스스로에게 있다.

성공과 행복은 일치하지 않는다. 다시 말해서 성공했다고 해서 행복한 것도 아니고 실패했다고 해서 반드시 불행한 것도 아니다.

내가 원하는 최고의 것을 갖는 것이 성공의 결과물이라 한다면, 이 순간을 즐기면서 만족을 이끌어내는 삶은 행복이기 때문이다.

서른 살에는 성공을 향해 미친 듯이 달리지만 마흔 이후에는 행복을 향해 느리게 걷는 것이 인생이다.

기회가 많은 서른 살에는 꿈을 향해 무조건 도전하며 치열하게 살아야 한다.

그래야 아프고 고독한 중년이 아닌 즐겁고 편안한 중년으로 살 수 있다.

인생은
술래잡기야

❀

삶의 속도에 의지해 바삐 살다가 문득 멈춰 서면 시간의 바깥에 서 있던
추억들이 나를 끌어안는다.
지나간 시간과 겨루어 아프지 않은 삶이 있을까.
사는 것이 힘들고 지쳐 몸과 마음이 시름시름 아플 때마다 훌훌 털고 일
어나 길을 걸었다. 마음속의 어지러움을 길 위에 토해내며 걷고 또 걸
었다.
빈틈없이 움직이는 자연을 만날 때마다 자연 앞에 경건한 경의를 표
했다.
그리고 나에게도 우주가 운행하는 것처럼 질서정연히 내 의지대로 내
삶이 이어지길 기원한다.
간절한 염원을 되풀이하다 보면 어느새 아픈 방랑을 하던 마음도 제자
리를 찾고 온몸을 쑤시던 통증도 사라지는 치유의 순간을 만난다.
자연은 아주 특별한 힘이 있다.

입술을 가지고 말을 하지 않아도 무엇을 생각하고 무엇을 원하는지 자연은 아픈 곳을 찾아내어 고통을 가라앉히는 힘이 있다.

스물부터 서른까지 참 많이 자연에 의지하며 살았다.

삶의 해답이 보이지 않을 때, 마음이 흔들리며 방황할 때, 무엇을 선택해야 할지 모를 때 나는 아픈 몸을 이끌고 자연을 찾아 해답을 구했다.

자연이 나에게는 삶의 스승이다.

생각해보면 너무나 인간적이지만 현실감 없이 도전했던 이십대, 삼십대를 보내고 벌써 마흔이 훌쩍 지난 지금, 이제는 빨리 움직이고 서두르며 사는 것이 버거운 나이가 되었다.

느리게 사는 것은 뒤처지는 것이라고 생각하는 사람도 있을지 모르지만, 한 템포 느리게 사는 것이 나이에도 맞고 나에게 맞는 편안한 삶이라는 것을 알게 되었다.

시간이 날 때마다 똑같은 표정으로 빠르게 움직이는 빌딩숲을 벗어나 자연을 찾는다.

조금만 나가면 눈앞에서 자연이 먼저 인사를 건넨다.

길가에 핀 억새풀이 하늘거리며 나를 붙잡는다. 태양을 바라보며 피는 해바라기도 몸을 흔들며 자신의 존재감을 드러낸다.

그들을 만나면 숨가쁘게 해왔던 일들을 잠시 멈출 수 있고, 멈추면 아름다운 세상이 보인다.

자연을 만나는 순간 얼굴엔 미소가 가득하고, 내 안의 어린 네 살의 모습을 볼 수 있고, 울고 있으면 달래줄 수도 있다.

지친 나를 치유하는 방법은 산책이고 여행이다.

한결같은 그 모습들을 사진 속에 담지 않아도 내 마음 뷰파인더 안에 담을 수가 있으니까.

다시 일상으로 돌아가 지치면 억새를 만나 편안하고 좋았던 그때를 생각하며 위로를 받을 수가 있으니까.

흔들흔들 춤추는 억새를 보면서, 내 삶이 때로는 이리저리 흔들릴지라도, 그래서 삶의 목표에 못 미친다 해도 숱한 바람에 가녀린 몸을 흔들리면서도 끈질기게 살아가는 억새풀을 보며 나를 토닥이며 응원한다.

그들도 하늘의 재해에 무너지고 쓰러지고 뽑혀 나가도 아픈 상처를 스스로 견뎌내며 살아가니까.

사는 것이 기쁨만 있고 하는 일마다 내 뜻대로 된다면 사는 재미는 없을 테니까.

울며 웃으며 분노하며 용서하며 위로하며 배려하는 일들이 많아야 숨은 행복을 찾아 나풀거리며 뛰어가는 술래가 될 테니까.

아프도록 눈물겹지만 즐겁고 신나는 술래잡기가 인생이니까.

꿈을 향해 행복을 찾아 정직하고 끈질기게, 때로는 비틀거릴지라도 뿌리까지 흔들리지 않는 술래가 되리라.

한 판의 후회 없는 술래잡기를 하며 멋지게 살리라.

그것이 맛있는 인생을 사는 정답이라고 생각하니까. 나는.

❈

십대, 이십대 시절엔 간절히 바라면 꿈이 이루어진다고, 사랑도 운명처럼 내 맘에 쏙 드는 사랑이 찾아올 거라고 믿었다.

그러나 서른이 되면서 간절히 바란다고 해서 꿈이 이루어지는 것도 아니고 노력해서 안 되는 일도 많다는 것을 알게 되었다.

사랑 또한 운명처럼, 영화처럼 그런 멋진 사랑은 존재하지도 않는다는 것을……. 인생에는 정답이 없다는 것을…….

살면서 정답을 찾아가고 알아가는 것이 인생이다.

생각해보면 영화 '해리가 샐리를 만났을 때' 에 나오는 이야기처럼 어떤 사람은 느낌으로 사랑을 판단하기도 하고, 어떤 사람은 오랜 시간을 거쳐 서로를 알아간 후 사랑을 판단한다.

사랑은 처음부터 정답이 있는 것이 아니다. 사람마다 생각하는 것, 행동하는 것, 그리고 삶의 가치관이 다르기 때문이다.

사람은 사랑하면서 사랑하는 법을 배우게 된다.

꿈도 사랑도 철저히 계획하고 실천해야만 목표의 70퍼센트가 이루어
진다.

그것을 깨닫게 되는 시기가 서른 즈음이다.

서른의 의미는 생물학적 어른뿐 아니라 정신적, 육체적으로 완전히 성
숙한 어른의 모습을 찾는 시기라는 것이다.

사고의 전환이 현실적으로 바뀌는 시기가 서른이다.

타인의 시선에 갇힌 어른이 아니라 나의 시선, 내 눈높이에 맞는 어른을
찾는다.

나는 서른 즈음에 '나는 누구인가, 무엇을 위해 사는가'의 질문을 스스
로에게 던지며 많이 흔들리고 방황했다. 꿈을 현실과 이상에 융합을 하
지 못해 10년간의 교사 생활을 접었다.

당분간 우연에 기대면서 살기로 했다. 한 달이 될지, 일 년이 될지 모르
지만.

그때부터 깊은 산사를 찾고 한적한 바다를 찾아 꿈을 이루기 위해 삶의
정답을 찾아나섰다.

내 안의 내면의 소리를 들을 수 있고 진정한 나를 만나는 순간이 혼자
여행하는 시간이다.

언젠가 해인사에서 스님이 주신 야생화 차 한잔이 나를 전통차에 빠지
게 했다. 혀끝에 처음 와닿은 쓴맛이 오래도록 깊은 여운을 남겼고, 그
래서 지금까지 전통차를 즐겨 마시는 동기가 되었다.

현실과 이상에 괴리감을 느껴 깊은 고민에 빠질 때에는 전통차로 영혼을 위로한다.

보성 녹차밭을 찾게 된 것은 삶의 고민이 깊어진 시기인 서른 즈음이었다.

인스턴트 커피가 주는 매력은 순간적인 고통을 없애주는 진통제와 같은 것이라면, 전통차는 느림의 미학을 배우게 하며 편안함을 안겨준다.

마음이 지쳐 삶을 내버려 두고 싶거나 그저 우연에 기대고 싶을 때마다 보성으로 발길을 돌린다.

오월에는 연둣빛 물결, 여름에는 검푸른 초록의 향기, 가을이면 마음까지 붉게 물들이는 풍경, 겨울이면 하얗게 끝없이 펼쳐진 눈 덮힌 녹차밭의 풍경은 나를 설레게 한다.

봄의 첫 잎으로 우려낸 우전차의 감촉은 얼음처럼 차가운 내 심장을 따뜻하게 녹여주고, 오월의 녹차밭 풍경은 눈부시도록 푸른 서른 즈음의 내 청춘을 닮아서 좋다.

자연의 사계를 볼 때마다 나는 느낀다. 모든 것에는 시기가 있고 때가 있다는 것을…….

그리고 이 세상에 영원한 것은 아무것도 없다는 것을…….

이 순간을 즐겁게 사는 것이 행복해지는 법이라는 것을…….

자연은 시간의 흐름에 순응해가며 조심스런 행동으로 보여준다.

가끔 우연에
기댈 때가 있다 2

❀

바다를 사랑한 시인이 그랬다. 등대는 외로운 사람들의 우체통이라고.
누군가를 기다리며 바닷길을 훤히 밝혀주는 등대는 기다림을 먹고 산다.
바다를 바라보며 우두커니 서 있는 등대처럼, 내 그리움을 묶고 또 묶어
편지로 보내면 바다 건너 누군가가 받아줄 것만 같다.
서두르지 않고 기다리면, 만나야 할 사람은 만나고 풀리지 않던 일도 해
결된다는 지혜를 등대에게서 배운다.
언젠가는 깊은 마음을 알아주기라도 하듯 등대는 말없이 우두커니 서서
기다린다.
언젠가는 그가 비추는 불빛이 가려진 내 속마음을 훤히 들여다보며 나
를 토닥여주는 그런 날이 있으리라 믿으며.
등대에게 우연이라도 기대어본다.

기적을 만난 날

❖

여행은 목적지를 정하지 않고 가기도 하지만, 인생은 반드시 목적지를 정해서 가야 한다.
목적지를 정하지 않은 삶은 착한 방관자가 되어 평생 정지된 채로 남의 삶을 사는 것이다.
목적지를 바라보며 열심히 달려야 쉬고 싶은 순간이 생기고 멈춰 섰을 때 비로소 살아 움직이며 떠나가는 자연의 생生과 사死를 볼 수 있다.
눈부시게 빛나는 햇살, 멈출 줄 모르고 쏟아지는 소나기, 언제 떠올랐는지 모른 듯이 사라지는 석양을 보며 우주의 섭리를 생각한다.
삶과 죽음 사이에서 치열하게 살아가는 생명체의 하루를 느끼며 멋지게 살아보기 위해 처절하게 노력한다.
자연이 말없이 또 다른 계절의 옷을 갈아입기 위해 쉼없이 변신을 거듭하듯 인생도 마찬가지다.
열심히 뛰는 사람 위에는 높이 날아다니는 사람도 있고, 천천히 걸어가는 사람도 있고, 멈추어 서서 쉬는 사람도 있다.

또 한결같이 삶을 포기한 듯 식물인간처럼 사는 사람도 있다.

끌려가듯 맹목적인 삶은 사는 것이 아니다.

욕심이 지나치면 위험하나, 목적이 있는 적당한 욕심은 삶의 이유가 된다.

내 욕심이 남에게 상처를 주지 않을 정도, 그것이 적당한 욕심의 크기이다.

아무리 빽빽히 들어선 나무도 서로에게 부딪치지 않으면서 살아간다.

사람의 눈에는 보이지 않지만 서로에게 부딪치지 않기 위해 최소한의 간격을 유지하며 살기에 나무가 자라고 성장하는 것이다.

자연이나 사람이나 보이지 않는 간격을 지키며 사는 것이 상처를 주지 않고 살아가는 서로에 대한 예의이다.

새들이 바닥을 치며 푸닥거려야 훨훨 날아 하늘에 발을 닿는 것처럼, 기적 같은 삶은 바닥에서 태어나는지도 모른다.

먼 바다에서 강을 찾아온 물고기도 토사가 쌓이면 길을 잃는다.

강으로 올라가기 위해 절박함으로 마지막 힘까지 내야 한다.

기적을 만들어야 한다.

마찬가지로 사람도 간절하고 너무나 절박해서 죽을힘을 다해 살 때 기적은 찾아오고 손을 잡아준다.

내가 바라는 기적을 온몸으로 느낄 때 고통과 상처로 얼룩진 삶의 조각이 진통제를 먹은 듯 아프지 않고 어둠의 늪에서 빠져나와 내가 원하는 천국, 파라다이스에 갇히게 된다.

자식을 먹이고 공부시키기 위해 외항선을 탄다는 마흔 중반의 가장이나, 조그만 식당을 하다가 망해서 네 식구 먹고 살기 위해 온몸에 로프를 칭칭 감고 고층빌딩에서 곡예를 하듯 용접을 한다는 마흔둥이 가장이나, 잘 먹고 잘 살겠다는 목표가 있기에 두려움을 참으며 고통도 감수하며 일을 하는 것이다.

다시 말해서 인생에 대한 목표와 절박감이 없으면 기적을 만날 수도 이룰 수도 없다.

여덟 시간 자고 여덟 시간 일하고 여덟 시간 우두커니로 산다면 기적은 남의 것이 된다.

기적을 만났을 때 우두커니 바라보는 것이 아니라 내 것으로 만들어야 한다.

수시로 시간을 확인하듯 철저하게 계획하고 또 수정할 때 기적은 내 것이 된다.

네 식구 잘 먹고 잘 살기 위한 목표가 있는 가장은 아무리 높은 건물에서 로프에 생명을 맡기며 일을 해도 멈출 수 없다.

숨을 멎을 만큼 쓰러지면서도 다시 일어나 달려가야 기적을 만난다는 것을 알기 때문에.

기적이, 멈추는 순간 '수고했다' 며 두 팔로 안아줄 거라 믿으니까.

20세기 최고의 물리학자 알베르트 아인슈타인은 인생에는 두 개의 삶이 있다고 했다.

하나는 모든 것이 기적이라고 믿는 삶, 또 하나는 기적 같은 건 없다고 믿는 삶이라고.

아마도 목숨을 걸면서 지독하게 노력해서 성공한 사람에게는 사는 것 자체가 기적일 것이다.

화려한 학벌, 인맥, 돈이라는 날개가 없으면 두 발로 달리면 된다.

한 다리가 불편하면 쉬지 않고 걸어서라도 목적지에 가면 된다.

포기하지 않고 가는 삶 속에서 기적을 만나니까.

땀과 눈물로 절인 듯 짠내가 나고 입에서는 단내가 나고 발이 부르트도록 매 순간 치열하게 살아야 기적의 주인공이 될 수 있으니까.

오래된 것의

정다움

❋

모든 오래된 것에는 힘이 있다는 것을 깨닫는다.

소나무, 나이 든 사람들, 오래된 물건들이 눈안에 들어오고 그들에게서 경건함마저 느껴진다.

끈기 있는 소나무라고, 작은 도시에 사는 사람이라고 다른 곳, 더 넓은 곳에 살고 싶지 않겠는가.

서른을 넘긴 지가 오래전의 일이고, 그동안 나는 자의 반 타의 반으로 직업을 여러 번 바꾸었다.

하지만 그 숱한 생의 고비를 만난 나와는 달리 자연은 한 곳에서 뿌리를 내리고 지금까지 살고 있다.

얼마 전 세미나가 있어 경주에 간 적이 있다.

20년 전에 내가 찾았던 경주 남산의 소나무 숲은 그대로였고, 내가 자주 들렀던 작은 슈퍼의 주인도 그대로였다.

시간이 멈춘 듯한 도시.

낯익어서, 계속 있어줘서 고마운 그들이다.

누군가를 기다리는 것처럼 언제나 익숙한 그 자리를 지키며 살아가는 그들의 모습에 저절로 고개가 숙여진다.

주인은 나이가 들어 할머니가 되었고 조그만 슈퍼를 조금 크게 확장했을 뿐 그 이름 그대로 그 자리를 지키고 있다.

중년의 아름다운 아주머니의 모습은 오간 데 없고 곱디고운 얼굴에 세월이 켜켜이 쌓여 편안한 주름을 가진 할머니로 만들어놓았다.

많이 반갑고 또 그곳을 지켜주어 참 감사하다고 했더니 할머니는 두 손을 꼭 잡아주고 "종종 다녀가라"며 봉지커피를 직접 타주셨다.

아무리 세상이 바뀌고 시대가 바뀌고 환경이 달라졌다 해도 오랜 시간 그 자리에서 그 모습으로 꿋꿋이 버티고 있는 그 모습은 앞만 보고 현실에 맞춰 팍팍하게 달려온 나에게 지나온 삶을 되돌아보게 했다.

바뀌는 것만이 좋은 것은 아니라는 것을, 있는 그대로 지키는 것도 아름답다는 사실을 깨달은 날이었다.

여행은
고백이고 독백이다

❋

여행은 지나온 삶에 대한 고백이고, 앞으로 살아갈 날들에 대한 독백이다.

지나온 삶을 돌아보면 살면서 좌절하거나 실패했을 때 내가 많이 찾던 곳은 완도이다.

청산도와 보길도는 CNN 방송이 선정한 대한민국의 아름다운 섬으로도 유명할 만큼 완도에는 아름다운 섬이 많다.

완도에서 배를 타고 조금 가면 조선의 대표적인 시인 윤선도의 '어부사시사' 가 지어진 곳으로도 유명한 보길도가 나온다.

보길도에서 나를 사로잡은 것은 몽돌의 유혹이다.

험한 파도에 부딪치며 내는 특유의 소리와 동글동글 모나지 않은 작은 돌이 햇빛과 닿으면 바닷물에 젖어 반짝거리던 모습을 잊을 수가 없다.

돌이 많아 몽돌해변이라 부르는지 모르지만 해변 뒷편에는 동백나무 숲으로 바람을 막을 수 있게 방풍림을 만들어놓았다.

동백꽃은 가장 아름다울 때 추락하는 꽃으로도 유명하지만 동백 숲과 파도에 부대끼며 내는 소리도 좋고, 달빛에 푸르름이 더해지는 몽돌이 몽환의 추억을 더듬게도 한다.

수만 년을 파도에 깎이면서 닳고 닳아 동그랗게 변한 몽돌의 모습이 어쩌면 갖은 세파에 흔들리고 방황하면서도 삶에 무릎 꿇지 않고 중심 잡고 살아가는 나의 인생을 닮은 것 같아 더 정이 간다.

20년이 훌쩍 지난 지금도 지치고 흔들리다가 유치하고 짓궂은 여덟 살짜리 어린 마음으로 돌아갈 때는 완도로 발길을 재촉한다.

목적지 완도를 가면서 섬의 곳곳을 돌아보며 숱한 해풍에도 꿋꿋이 살아남은 바위틈의 보랏빛 해국, 수만 년 동안 숱한 바람에 깎이고 채이면서도 아름다운 모습으로 기쁨을 주는 몽돌, 그리고 휘어지면서도 고매한 모습으로 살아가는 늘 푸른 소나무, 가장 아름다울 때 자신을 추락시키는 아프디아픈 동백꽃을 보며 헛된 욕심을 갖지 않겠다는 것, 그리고 조금씩 비우며 살리라는 것을 마음속으로 다짐한다.

자연은 언제 어떤 모습으로 찾아가도 자신을 다 내어준다.

아마도 아픈 영혼을 위로하는 선물이리라.

끝없이 자신의 아름다운 모습, 추한 모습을 있는 그대로 드러내며 위로하고 또 응원한다.

숱한 비바람에 가지도 부러지고 휘어져 보기 흉한 자신이라도 그 모습 그대로 사랑하며 살아가는 자연의 생태계에서 삶의 또 하나의 지혜를 배운다.

실패하고 쓰러져 상처받은 내 영혼을 토닥이며 위로해주고 용기를 안겨주는 존재도 나라는 사실을 자연을 통해서 배운다.

언제 어떤 모습으로 찾아가도 자연은 나를 밀어내지 않고 쉴 자리를 내어준다.

자연을 가까이하면 할수록 어른아이가 아닌 내 나이에 맞는 진정한 어른의 모습의 나를 찾는다.

내가 자연을 사랑하는 이유는 힘들 때마다 찾아가도 한결같은 모습으로 아낌없는 응원을 해주기 때문이다.

해결하기 어려운 삶의 해답도 찾아준다.

그래서 내 삶의 스승은 자연이고, 자연은 나의 영원한 동반자이다.

적도,
경쟁자도 나

❊

마라톤을 좋아하는 사람들 대부분이 '중독' 이라는 말을 듣는 이유는 완주했을 때의 희열감 때문이라 한다.

나는 어렸을 때 엄마와 함께 절을 찾다가 산에서 추락한 트라우마가 있어 높은 산을 오르지 않는다.

서른 즈음에 욕망으로 가득 찬 삶을 잠시라도 멈추기 위해 훌훌 털고 서해의 변산반도나 동해의 정동진을 찾았다.

무슨 일을 하든 멈추고 싶은 순간이 오면 멈추고 쉬는 것, 그것이 내 삶의 방식이기도 했다.

인간답게, 나답게 살게 해주십사 간절히 기도하고 잘못에 대해서는 용서를 구했다.

붉은 기운이 내 심장을 관통하여 해가 지듯 거짓 욕망이 사라져주고 해가 떠오르듯 참된 욕망이 내 안을 가득 채울 때까지 떠오르는 태양의 기운을 마셨다.

신념, 확신이 들 때까지 몰입하며 답을 묻고 찾았다.

흔들리며 방황하는 눅눅한 마음, 거짓 욕망은 거친 파도 속에 밀어넣었다.

이루고 싶은 꿈이 때로는 기약 없을 것 같아 포기하다가도 수평선 끝에서 떠오르는 해를 보며 다시 용기를 얻었다.

순탄치 않은 일상을 살면서 지치거나 포기하고 싶을 때 지치지 말라고, 포기하지 말라고 어머니의 따스한 손길처럼 나를 붙잡아주던 바다.

그래서 난 산보다 바다를 좋아한다.

아무리 삶이 힘들어도 웃을 수 있는 건 세월이 안겨준 나이테 덕분이다.

그래도 내 삶이 아름다운 이유는 동행이 있기 때문이다.

아마도 인간에게 두 손을 만들어준 것은 한 손이 포기하려고 내려놓을 때 다른 한 손이 포기 못 하도록 잡아주기 위해서이고, 욕심내어 더 많은 것을 채우려 할 때 다른 한 손이 막기 위함이리라.

산을 오르든, 해변을 걷든 모험이 많은 나는 아픈 상념을 내려놓기 위해 도심에서 많이 벗어난 곳으로 떠난다.

나를 견디고 나와의 싸움에서 지지 않기 위함이다.

행복한 인생을 살기 위한 최후의 경쟁자는 나 자신이니까.

끝내 이겨서 온전한 나를 찾고 싶으니까.

소금밭 염부에게서
삶을 배우다

❀

주말에 충청남도 태안군 근흥면 마금리의 안흥염전을 찾았다.

소금을 만들기 위해 바닷물을 끌어들여 논처럼 만든 곳, 염전鹽田.

염전의 농부인 염부들은 한낮의 해가 기울고 염전 바닥에 앙금이 엉기기 시작하면 "소금이 온다"라고 표현한다.

오후 3시.

이 시간이 되면 염부들이 가장 바쁘게 움직이는 시간이다.

뙤약볕 아래서 길쭉한 고무래로 소금을 긁어 모으는 대패질을 하거나,

바퀴 하나 달린 수레를 이용해 소금을 창고로 연신 실어 나른다.

바닷물을 가둬놓은 저수지, 바닷물을 졸이는 증발지, 소금이 결정을 맺으면서 덩어리가 무거워지면 바닥으로 가라앉는 결정지 등을 거쳐 소금은 조금씩 짜진다.

오래 둔다고 좋은 소금이 되는 것이 아니라 염도가 22~24도를 지켜야 한다.

정성이 좋은 소금을 생산하는 비결이다.

행여 비가 내려 바닷물이 빗물과 섞이면 소금 농사는 헛일이 되고 만다.

비를 피해 적당한 바람과 햇빛 속에서 굵고 실한 소금이 잘 무르익기를 기다린다.

그렇게 얻은 소금이 바로 굵은 소금, 왕소금이라고도 불리는 천일염이다.

반나절을 염부의 일상을 지켜보며 소금이 탄생하는 과정을 보았다.

그 과정을 지켜보는 나에게 염부의 작업은 노동이 아니라 시간을 인내하는 묵언수행이나 거룩한 종교의식 같다.

마치 자연과 소통하는 원시인의 모습 같다.

소금밭에서 대패가 소금을 긁는 소리가 오래도록 났고 짠물은 염전의 저수지, 증발지, 결정지로 차례차례 옮겨가며 서서히 '흰 꽃'에 가까워지고 있었다.

금방 만들어진 소금을 엄지손가락과 집게손가락으로 맛을 보았다.

설산의 무구한 눈처럼 무맛까지는 아니었지만 강렬한 짠맛은 거의 느껴지지 않았다.

아니, 짜기만 한 것이 아닌 짜고 담박하고 마지막엔 단맛이 올라왔다.

햇볕과 바람과 바닷물이 긴밀하게 짝을 이뤄 세상에 내보낸 볕소금의 맛은 생각보다 훨씬 부드러웠다.

염부의 일과는 노동의 결과물을 얻기 위해 다급함과 초조함에 익숙했던 내 삶에 대한 반성의 시간을 안겨주었다.

기다림, 정성이 좋은 소금을 만들어내는 방법이다.

하얗게 높이 쌓인 소금은 주름 가득한 염부의 기다림의 선물이다.

그래서 마음이 더욱 숙연해진다.

우리 삶도 소금밭에서 일하는 염부의 일상처럼 정성과 노력이 있으면 아무리 힘든 시간도 이겨낼 수 있으리란 생각이 들었다.

이 세상에 힘들지 않은 일은 없으니까.

이유 없는 일은 일어나지도 않을 테니까.

염부는 수없이 찾아오던 청춘의 아픈 방랑을 소금에 묻으며 견뎌왔을 테니까.

그렇기 때문에 더욱 소중한 소금이리라.

소금을 만들어내는 염부의 정성 어린 마음으로 내 삶을 살아간다면 두 번 다시 실패하지 않으리라.

문득 그런 확신이 들었다.

오로지 정성으로 살리라는 마음을 다지며 돌아간다.

나의 전쟁터 같은 일상으로.

치열하게 산 청춘이
운명을 바꾼다

❀

태어나면서 어떤 직업을 가지고 어떤 행동을 하며 산다는 결정권은 인간에게 주어지지 않았다.

그래서 살다 보면 수시로 피할 수 없는 운명과 맞닥뜨리는 때가 있다.

보통 그러한 때를 터닝 포인트turning point라고 말한다.

위기와 기회를 동시에 만나는 순간이다.

그 순간을 어떻게 보내느냐에 따라 내 인생이 결정된다.

태어나서 서른까지는 인생의 연습 기간, 즉 인턴 시기라 할 수 있다.

청춘을 어떻게 보내느냐에 따라 마흔 이후에 멋진 인생을 누리느냐 마느냐가 결정된다. 삼십대를 치열하게 계획하고 실천한 사람은 마흔 이후가 편안하다.

서른까지의 삶은 대부분 과정이 비슷하다.

학창시절을 보내고 직업을 갖고 결혼을 하고 평범한 것처럼 사는데, 그 기간 동안 시간의 주인으로 산 사람과 시간의 노예로 산 사람의 운명이 마흔 이후에 갈리게 된다.

치열하게 계획을 가지고 나를 믿으며 내가 하는 일에 확신을 가지고 사랑하며 살 때 내가 원하는 내 운명과 만난다.

평생에 운명을 바꾸는 기회는 두세 번 있다.

그것을 이십대에 만나는 사람도 있고 서른에 만나는 사람도 있고, 늦은 사람은 마흔이 훌쩍 지난 뒤에 만나기도 한다.

그 운명과 만나는 순간을 경배의 시간이라 생각하고, 나를 구해줄 메시아라 여기며 마음으로 끌어안아 내 것으로 만들어야 한다.

내게 온 운명을 바꿀 귀한 손님을 그 순간이 힘들다고 거부하거나 무시하면 운명은 절대로 바뀌지 않는다.

바뀔 기회를 떠나보내고 5년 후, 10년 후가 지나면 그때 그 순간이 내 운명이 바뀔 기회였다는 것을 뒤늦게 깨닫게 된다.

그때 후회해봐야 소용이 없다.

운명의 귀한 손님은 시련과 함께 찾아온다. 지금 죽도록 고통스럽다면 운명의 손님이 찾아온 것이다.

현재의 운명을 바꾸고 싶다면 나를 찾아온 귀한 시련을 기쁘게, 반갑게 사랑으로 맞이할 일이다.

이전보다도 더 나를 사랑하고, 이전보다 행동을 더 신중히 하고, 이전보다 더 착한 일을 하고, 이전보다 더 열심히 나를 찾아온 일을 해야 한다.

그러면 머지않아 내 운명이 바뀔 것이다.

5년 후 또는 10년 후 내가 원하는 운명의 모습으로 다시 태어날 것이니까.

그녀에게 방황, 흔들림, 아픔이 찾아오다

그리움과
두려움의 경계가
사라졌을까.
내 입가에 미소가,
두 손은 청춘을
떠나보내듯
흔들고 있었다.
아름다운 상처를 안으면
서도 강렬하게
비상을 꿈꿨던
청춘이 저문다.
잘가라. 내 청춘.

Chapter 2

내가 어디로 가야 하고 왜 가야 하는지를 몰라 방황할 때
귓속말로 대답해준다. 네가 가고 싶은 길을 가라고……
살면서 아픔과 부딪히고 고통과 씨름하며
더 많이 흔들리고 더 많이 방황해야 힘든 청춘은 지나간다.

눈물 젖은
빵을 먹었다

❀

기적의 순간은 극과 극의 순간을 만나기 때문에 위기와 기회의 순간이 기도 하다.

직장이나 사랑이나 건강 때문에 삶의 위협을 느껴 죽음 직전까지 경험 하는 시기가 있다.

한 발만 움직이면 내세로 떨어지는 절박한 순간이다.

한평생을 살면서 이런 상황은 나이에 상관없이 찾아오지만, 기억을 더 듬어보면 사회생활을 시작하고 정신적·경제적 독립이 시작되는 이십 대 중반부터 만나게 된다.

평생 두세 번 기적의 순간을 만나지만, 그것이 기적의 순간이라 생각하 지 않는 사람이 있다.

내 힘으로 어쩔 수 없는 한계 상황이라 말할 수 있는데, 심하면 가족이 나 주변 사람들의 도움으로도 해결이 안 되는 벼랑 끝의 순간을 만나기 도 한다.

직장을 잃고 떠도는 생활, 사랑을 잃고 방황하는 청춘, 질병으로 인해 사형선고를 받고 고통스러워하는 환자, 모두가 기적이 일어나주기를 기다리는 벼랑 끝에 선 사람들이다.

직장을 잃은 사람은 여러 곳을 다녀도 이런저런 이유로 퇴짜를 맞고, 사랑에 실패한 사람은 아픈 사랑앓이로 목숨을 내어놓기도 한다. 하루아침에 시한부 삶을 선고받은 환자는 살려달라고 의사에게 매달린다.

기적을 기다리는 사람은 죽음을 선택하느냐, 삶을 선택하느냐 두 갈래 길에서 마지막으로 신에게 잘못을 뉘우치기도 하며 살려달라고 울부짖으며 애원한다.

그 순간이 인생 최대의 절박한 순간을 만난 것이다.

나에게도 그런 순간이 있었다.

부모가 반대하는 일을 고집하고 실천해서 가족과의 인연을 끊고 살 뻔했고, 내가 가진 모든 조건을 내려놓아야 했다.

가진 것 다 내어주고 빼앗기고 보니 통장의 잔고 역시 마이너스였다.

수년을 외롭고 고독한 은둔의 삶을 선택했다.

일에 대한 갈림길, 아버지의 죽음, 피로의 누적으로 수년을 고통과 싸우면서 눈물 젖은 빵만 먹었다.

그때 처음으로 알았다.

슬픔 그리고 불행은 숨어 있다가 쓰나미처럼 한꺼번에 몰려온다는 것을.

내 나이 서른넷, 그 길에서 빠져나왔을 때 지나온 그 길이 내 길이 아니었다는 것을, 부모의 말이 틀리지 않았다는 것을, 내가 제자리로 돌아왔을 때 깨달았으니까.

일을 저지르고 난 결과에 대한 상벌은 한참 뒤에 찾아온다는 것을…….

고통 속에 살았던 그 몇 년이 내 길을 두고 남의 길을 걸어간 이유라는 것을 마흔이 지나고 알았으니까.

그때 일을 생각하면 소름이 돋지만, 그 지옥 같은 순간을 이겨내지 않았더라면 현재의 내가 없을 테니까.

한편으로는 지독하게 고마운 일이다.

세상 물정 모르고 살았던 나를 철들게 했으니까.

행복한 인생의 스펙은 대단한 학벌도 화려한 인맥도 돈도 아니라는 것을…….

지극히 평범한 일상을 만나는 것이 행복이라는 것을 마흔이 되어서야 알았다.

이제는 나를 향해 쏟아지는 눈부신 햇살이 있어 행복하다.

또다시 운명처럼 위기의 순간이 찾아오더라도 이제는 잘 헤쳐나갈 수 있을 만큼 단단한 삶을 살고 있다.

그 어떤 유혹에 흔들리지 않을 만큼 나에 대한 확고한 믿음이 있고, 위기에 대한 단단한 근육도 생겼다.

위기의 순간은 분명 기회의 순간이고 기적을 만나 도약하는 순간이다.

오래 머물지 않는 버릇이 있는 기적의 그 순간을 잘 잡아야 한다.

그 순간이 왔다고 생각하면 내일이 마지막 순간이란 생각을 갖고 죽어라 일을 하며 그 뒤의 결과는 하늘에 맡겨야 한다.

그리고 이전보다 나를 더 많이 아끼고 사랑하면서 마지막 선택의 결과를 겸허히 받아들이는 것이다.

서른,
마지노 선에 서다

✿

열 그리고 스물은 '르'로 끝나고 어딘지 모르게 파릇한 느낌이 들어 어떤 일을 하더라도 용서가 되는 시기이다.

그러나 'ㄴ'으로 끝나는 서른부터 아흔까지는 성숙 그리고 무게감, 책임감이 느껴지는 나이가 된다.

서른은 꽉 찬 계란 한 판의 숫자이다.

최승자 시인의 시에서는 서른을 이렇게 표현하고 있다.

"이렇게 살 수도 없고 죽을 수도 없을 때 서른 살은 온다"고.

맞을 준비도 하지 못한 채 서른은 찾아온다.

직장생활을 하지만 여전히 모든 것이 서툴고 실수투성이다.

어른, 성숙, 완성이란 단어가 익숙지 않고 여전히 낯설다.

꿈과 이상 사이에서 흔들리며 방황하는 시기이다.

때로는 액셀러레이터보다 브레이크를 밟아야 하는 일도 생기고, 모험 속에서 겁 없이 저질러보는 특권을 가진 때이기도 하다.

하지만 서른 살이란 분명 성숙한 어른이다.

직장에서도 가정에서도 책임져야 할 것들이 많아진다. 결혼을 했다면 가족이 생기고, 결혼을 하지 않았더라도 결혼을 신중히 생각해야 한다.

인생이 길 위의 이정표처럼 처음부터 내가 가야 할 길을 알고 있다면 얼마나 좋을까?

목적지로 가는 길도 알고 있으니 편안함도 있고 두려움도 많지 않을 것이다.

그러나 아마도 사는 재미는 별로 없을 것 같다.

어쨌든 서른은 누구나 거쳐 가야 하는 마지노 선maginot line이다.

행동하기에 따라 정중히 대접받고, 일에도 사랑에도 만족과 희열을 가장 크고 깊게 느끼는 나이도 서른이다.

열심히 앞으로 나아갈 수 있도록 나를 지탱해주는 힘은 자신감과 나를 신뢰하는 것뿐이다.

결국 서른의 의미는 더 이상 어른아이가 아닌 성숙한 어른, 책임을 다하는 진정한 어른으로 거듭나야 하는 때라는 것이다.

서른을 제대로 살아야 삶이 단단해지고 편안한 마흔이 찾아온다.

세상은 강한 자만 살아남을 수가 있다.

"지금이 아니면 안 된다It's now or never"란 생각으로 살아야 한다.

청춘은
아름답다

✿

살다 보면 누구나 힘들 때가 있다.

그중에서도 가장 위험한 순간은 삶의 위기를 만났을 때이다.

삶의 위기는 서른 중반부터 찾아온다.

나이가 들어감을 자각하면서 시작되는데, 서른부터 마흔까지 실직 또는
막다른 직장생활, 이루지 못한 꿈, 인생 행로에 대한 회의감, 결혼생활
문제 또는 이혼 등으로 혼란, 절망, 무기력감, 고통, 두려움을 느끼게
된다.

연극의 한 장면처럼 어느 날 갑자기 환영받지 못하고 제한된 역할에 처
해 있는 자신을 발견한다.

"내 인생은 의미가 없다"고 단정짓기도 한다.

인생의 3분의 1 남짓밖에 살지 못한 삼십대가 느끼는 위기감은 절박한
현실이 되고 있다.

청춘을 누가 듣기만 하여도 가슴 설레게 한다고 했던가.

그녀에게 방황, 흔들림, 아픔이 찾아오다

지금 청춘들에겐 이삼십대라는 나이가 공포와 자기회의의 시기가 되고 있다.

인생의 전성기임에도 불구하고 낭만을 만끽하지 못한다.

계속되는 세계적 경제침체와 청년 실업 문제로 초조, 불안에 떨고 있다.

대학을 졸업하면 취직을 하고 결혼을 해서 아이를 낳고 직장 직급이 올라가면서 집도 사고 차도 사는 것이 저절로 이뤄지는 줄 알았던 그들이다.

세계적인 불황과 취업난이 그들을 벼랑 끝으로 몰고 있다.

졸업을 하고도 독립을 못 하고 부모에게 의존하는 세대가 되고 있다.

취업을 하지 못한 데 따른 독립 생활의 어려움 때문에 부모에게로 돌아가는 부메랑 세대이다.

하지만 포기하지 말아야 한다.

청춘이 아름다운 이유는 기회가 많기 때문이고 실패해도 다시 일어날 수 있는 힘이 있기 때문이다.

아직 실수하고 실패한다는 것은 젊다는 얘기다.

희망을 품지 않은 자는 실패도 절망도 할 수 없다는 말이 있듯, 희망을 품을 수 있다면 여전히 젊고 가능성이 있다는 말이다.

단 한 번 도전해서 성공하는 것보다 일곱 번 쓰러지고 여덟 번째 성공하는 것이 가치 있는 성공이다.

포기하지 말고 두드려라. 그러면 문이 열릴 것이다.

도전하라. 그러면 반드시 웃는 날이 올 것이다.

서른,
책이 스승이었다

다이얼로그 시대인 요즈음에는 인터넷으로 소통하며 정보를 주고받지만 나 어렸을 적에는 책 속에 꿈이 있고 행복이 있었다.

책 속에서 삶의 지혜를 배우고 살아가는 법을 배웠다.

요람에서 지금까지도 나는 책을 끼고 살고 있다. 배고픔을 벗어나기 위해 책을 보았고, 사랑과 이별의 아픔을 견디기 위해 책을 읽었다.

살면서 내 안에 쌓인 수많은 삶의 고뇌와 아픈 조각들도 책 속의 한 줄 메시지와 눈물의 재회를 할 때 삶의 그 아픔과 상처가 치유된다고 믿었으니까.

지나온 흔적을 더듬어보면, 내 삶의 결정적인 순간에는 책이 나를 따라 다녔다. 기쁠 때나 슬플 때나 아플 때나 괴로울 때 나를 든든히 지켜주었던 것은 책이었다.

스물, 서른, 한창 꽃 피울 나이.

기쁘고 아픈 청춘의 시절에 책은 내 인생의 스승이었다.

마흔앓이,
굿바이 아라포!

🌸

안도현 시인은 '마흔 살'에서 이렇게 표현했다.

> 때때로 울컥, 가슴에 치미는 것 때문에
> 흐르는 강물 위에 돌을 던지던 시절은 갔다
> 시절은 갔다.

마흔.
그렇다. 어쩌면 실수도 용서되고 모험도 두려움 없이 저질렀던 그 청춘
이 영원히 떠나는 시기이다.
마흔이 나에게 처음으로 당혹감을 안겨주고 그래서 나이가 들었다는 것
을 실감하게 된 것은 국민건강보험공단에서 보낸 생애전환기 건강검진
통지서를 받았을 때였다.
갑자기 나이가 훅 들어버린 느낌이 들어 자신감이 떨어지고 불안해지기

시작했다.

서른 즈음에는 내가 마흔이 되면 대단한 사람으로 변해 있을 거란 착각 속에 있었다.

하지만 그건 나만의 환상이고 착각이었을 뿐 서른이나 마흔이나 별로 달라지지 않았다. 늘 마이너스 인생을 살아가는 가장이었고, 연로하신 어머니의 뒷모습이 아른거렸다.

마흔이 훨씬 지나서도 마흔앓이는 계속되었다.

마흔은 인생으로 말한다면 성숙기이다. 편안한 인간관계도 중요하고 끊임없이 공부도 하고 수험생처럼 도전해야 치열한 세상에서 살아남을 수가 있다.

철저한 자기 관리도 중요한데……. 하나둘 보이기 시작하는 새치, 웃음 뒤에 숨어 있는 얼굴의 잔주름들이 나를 슬프게 한다.

우울하지 않고 외롭지 않게 살기 위해서 마흔 이후 '나를 더 많이 사랑하는 방법은 무얼까?' 를 생각하다가 문득 떠오른 것은 '내가 하고 싶은 일을 하며 사는 것' 이란 결론을 얻었다.

아무것도 따지지 말고 먹고 싶은 것, 사고 싶은 것, 보고 싶은 것, 듣고 싶은 것을 하면서 오로지 나를 위해 사는 것이다.

지독히 이룬 것 없이 마흔을 보낸 나는 마흔앓이도 버거울 만큼 힘들었다.

5년 동안 내 능력 안에서 하고 싶은 것만 골라 하며 살았다. 그 누구보다도 일순위를 나로 선택해서 살았다.

그것이 내가 가장 소중한 사람이라는 것을 깨닫게 해주었고, 사춘기라고 하는 마흔의 우울증을 치유했다.

지독한 마흔앓이를 끝내고 예전의 내 모습으로 돌아왔다.

이제는 인생 2막을 시작했다.

다시 무언가를 시작하기에는 늦은 나이라지만 여전히 호기심을 가지고 세상을 바라본다.

내가 필요한 곳보다 나를 필요로 하는 곳을 찾아 만나고 위로하고 나눌 것이다.

그것이 내 인생 후반전을 행복하게 사는 법이란 결론을 얻었으니까.

남을 기쁘게 해주는 것이 내가 행복하다는 결론을 봉사와 나눔을 통해서 알았다.

인생 2막의 시기에는 아프지 않고 건강하게 사는 것이 잘 사는 것이다.

그래서인지 책을 펼치면 글이 눈에 들어오는 것이 아니라 건강관리, 인간관계 그리고 읽어야 할 책들이 숙제처럼 나를 바라보고 있다.

여전히 나를 기다리는 무언가가 있다는 것은 살아 있음을 확인하는 일이고 감사할 일이다.

감사할 일이 있다는 것은 현재 내가 행복하다는 의미가 아닐까?

욕심부리지 말자.

그리고 내 눈높이만 바라보며 살자.

아주 작은 것에도 감사하는 오늘을 살자.

그게 내 행복이니까.

사랑했다. 고마웠다. 나의 아라포*여!

굿바이 아라포!

* '아라포'는 어라운드 포티around forty의 줄임말로, 마흔 전후의 여성을 뜻한다.

잘가라, 내 청춘

⚜

청춘을 영원히 떠나보내는 날, 과거와 현재를 이어주는 주문진행 버스를 탔다.

"잘가라, 내 청춘!"이라 외치며 도전과 모험 그리고 실패의 추억이 담긴 나의 청춘과 이별하기 위해.

아득해서 더욱 사무치게 그리운 청춘이라 마지막 이별이 시리도록 아팠다.

누군가는 나이는 숫자에 불과하다지만 분명히 나이는 굴레다.

함부로 꿈꿀 수 없는 중년의 열차에 탑승해야 하니까.

억울하기도 하다.

내 청춘의 웃음, 눈물, 기쁨, 슬픔을 고스란히 정동진 바닷물에 흘려보냈다.

갈피를 못 잡아 그래서 더 흔들리고 방황하던 아픈 청춘이 떠나갔다.

더 이상의 모험도 오기도 용납이 안 되는, 굴욕도 참아야 하는 마흔이 내 앞에 서 있다.

삶이란 것이 가까이서 보기보다는 한 걸음 물러나서 바라보니 명확하고 많은 것들이 보인다.

아마도 고단하고 때로는 환희에 찬 삶이 나를 기다리고 있으리라.

시월이면 편안한 휴식을 위해 겨울 준비하는 산골 촌부처럼 나도 마흔 준비를 철저히 해야 편안한 마흔이 될 텐데.

서른과 마흔의 경계에 서서 고무줄놀이를 하며 놀던 아이가 되어 여전히 금을 긋고 있다.

서른의 포로가 되어 서른앓이를 하고 있다.

마흔의 선을 넘지 못하고 서성이는 어른아이.

아마도 삶을 되돌릴 수만 있다면, 한 번쯤 그런 선택의 기회가 다시 온다면 정말 잘 살 수 있을 텐데.

후회와 미련이 비처럼 내리며 고여가는 물이 되어 반짝거린다.

마흔, 이제는 떠나보내는 데 익숙해질 나이다.

내 눈앞에는 탐스럽게 잘 자란 고랭지 배추가 바람에 나풀거리며 춤을 춘다.

수확을 앞둔 배추밭은 지상에서 가장 넉넉한 수고의 풍경이다. 농부와 배추의 아름다운 합의의 결과물이다.

어떤 일이든 시작이 있으면 끝이 있다는 것을 내 눈앞에 펼쳐진 자연이 알려준다.

시간과, 세상과 그리고 나와의 치열한 싸움에서 승리한 사람이 웃을 수 있다는 것을.

서른살이의 정답도 살면서 내가 찾았듯이 마흔살이의 정답도 열심히 살면 보인다는 것을.

가장 최고의 클라이맥스를 얻기 위해서는 최고의 고통과 오랜 기다림도 이겨내야 한다는 것을.

어른아이에게 바다, 배추, 산골 촌부가 청춘을 이별하고 중년을 맞는 법을 알려주었다.

그리움과 두려움의 경계가 사라졌을까.

내 입가에 미소가, 두 손은 청춘을 떠나보내듯 흔들고 있었다.

아름다운 상처를 안으면서도 강렬하게 비상을 꿈꿨던 청춘이 저문다.

잘가라, 내 청춘.

삶의 목표를
수정한 날

❀

낮빛이 뜨거운 팔월, 스케치 여행을 마치고 돌아오는 길에 남해안 작은 섬에서 멸치 잡는 풍경을 보았다.

환한 불빛에 맞춰 은빛 멸치들이 이리 뛰고 저리 뛰며 춤을 춘다.

한여름 밤 환한 불빛을 향해 모여드는 멸치 떼가 군락을 이룬다.

그물망에 갇히기를 숨죽이며 지켜보는 어부의 기다림이 간절하다.

아내를 잃고 세 아이와 먹고 살기 위해 멸치잡이를 시작했다는 어부에게 어떤 멸치도 소중하지 않은 게 없다.

어부는 바다를 품고 고기 떼와 오랫동안 호흡해서 그런지 행동 하나하나가 조심스럽다. 어망에 고기가 가득하면 가득한 대로, 부족하면 부족한 대로 내일을 기약한다.

어부는 하늘이 허락한 시간에 따라 목숨을 바다에 맡기며 욕심내지 않고 정직한 마음으로 고기를 잡는다.

허황된 욕망도 두려움도 모두 내려놓고 자신을 믿으며 멸치 잡는 일에

만 몰입한다.

오래도록 바다를 지키며 살아온 어부의 행동은 마치 바다낚시하러 온 강태공처럼 편안해 보인다.

가끔 외로움이 깊으면 뭍으로 외출을 한다.

섬에서 구할 수 없는 것들을 사기 위해, 아니, 꼭 필요한 것이 없더라도 뭍으로 나온다.

아마도 외롭기 때문이리라.

아마도 사람이 그립기 때문이리라.

물이 부족해 빗물을 받아 쓰고 공동 우물에서 물을 길어다 먹지만 투정을 부리지 않는다.

사람을 만나면 반가운 마음 뿐이니.

그래서 외로움도 나누면 새털처럼 가벼워지는 것일까.

살다 보면 때로는 외로운 섬처럼, 고독한 별처럼 느껴질 때가 있다.

하지만 그 모든 것들도 흐르는 듯 흐르지 않는 듯하면서 흘러가는 강물처럼 떠나간다는 진리를, "일 년이면 삼백 일을 운다"는 바다의 거친 바람을 안고 살아가는 어부의 치열하지만 넉넉한 삶에서 배운다.

어부의 욕심내지 않고 내 그릇만큼만 가지려 하는 마음이 내 삶의 목표와 방향을 수정해주는 계기가 되었다.

삶의 모습은 달라도 어디에 살든 무슨 일을 하든 욕심내지 않고 꼿꼿한 신념으로 자신이 하는 일에 몰입하며 사는 사람에겐 좋은 향기가 난다.

어머니의 품속 같은 바다와 어부.

외롭지만 따뜻하고 넉넉하다.

멸치잡이를 마친 어부의 고달픈 하루가 느릿느릿 저물 때에 바다는 하루의 고단함을 물에 수장하듯 힘껏 끌어안는다.

결국 어부는 바다의 배경이 되고, 바다는 어부의 배경이 되어 먹을 것을 주고 외로움을 줄이며 서로를 보듬고 살아간다.

아! 우리 엄마

지친 발걸음들이 하나둘 집으로 향하는 시간.

아파트 창가에는 퇴근을 기다리는 엄마의 따뜻한 마음이 전등처럼 밝혀진다.

시간이 비껴가는 곳, 빌딩 숲 속에 자리잡은 남대문 앞 포장마차.

자리 잡은 지 30년. 오늘도 포장마차 안에는 빈자리가 없다.

손님이 많아도, 손님이 뜸해도 웃음을 주는 것은 거친 세월이 안겨준 지혜이리라.

10년째 찾아오는 단골손님을 보고 마음을 읽은 듯 뜨거운 우동을 내놓는다.

진한 육수 냄새가 코끝을 자극한다.

더디 가는 시간도 포장마차 안에서는 빠르게 움직인다.

부딪치는 술잔따라 숱한 사연이 외로운 듯 튕겨져 나온다.

시간을 헤집고 서러운 듯 튕겨져 나온 아픈 기억들이 어린애마냥 가슴

속으로 파고든다.

말없이 힘껏 껴안아준다.

그래, 미움도 증오도 배신도 위선도 경쟁도 다툼도 다 내려놓자.

겨울나무처럼 마음을 비우고 외로운 것들과 함께 주거니 받거니 하며
마셔보자.

취해서 비틀거리면 어떠리. 죽으라 퍼 마셔도 취하지 않으면 또 어떠리.

이래도 저래도 한 번뿐인 인생인데.

그저 홀로 튕겨져 나온 설운 것들을 힘껏 껴안아보자.

오늘은 이 포장마차 안에서…… 취하도록 마셔보자.

취하고 싶은데 마셔도 취하지 않는 듯 세상이 똑바로 보인다.

술잔에 배어 있는 삶의 독한 향기 때문인지 주르르 눈물이 흐른다.

메케한 가스를 맡으며 연탄을 갈던 30년 전의 엄마 얼굴이 떠오른다.

엄마 생각하면 어린 시절에 듣던 도깨비 방망이 이야기가 떠오른다.

"돈 나와라 뚝딱" 하면 돈이 나오고, "쌀 나와라 뚝딱" 하면 쌀이 나오
며, "금 나와라 뚝딱" 하면 금이 나오는, 모든 것을 해결해준다는 요술
방망이.

아마도 엄마가 그런 분이 아닐까.

마법의 손을 가진 것처럼…….

내가 찹쌀유과가 먹고 싶다고 하면 자고 나면 유과가 있었고, 아버지가
막걸리가 먹고 싶다고 하면 또 막걸리가 있었다.

엄마는 연탄불에 밤새도록 반죽을 해서 기름에 튀기고 튀밥을 씌우면서 나를 위해 유과를 만들었고, 고드밥을 쪄서 누룩과 함께 며칠을 항아리에 삭히며 아버지를 위해 술을 만드셨다.

하지만 단 한 번도 힘들다는 내색을 하지 않으셨다.

그리고 엄마의 손은 항상 젖어 있었다.

희생과 헌신을 하면서도 기쁨으로 여기고 숙명으로 받아들이신 분, 내 엄마.

힘드셨을 엄마 생각에 눈물만 흐르고 시간까지 멈춘다.

배고팠던 그 옛날, 없는 살림에도 자식을 배부르게 먹이고 싶어 허리 한 번 펴보지 못하고 치열하게 살았던 엄마.

내가 어디가 아픈지, 무엇이 필요한지 먼저 알고 다 주고도 준 것이 없어 미안하다고 말하는 엄마.

그 마음 헤아리기 위해 생각을 멈추고 시간을 계산해보니 내 나이 마흔.

예고도 없이 훌쩍 세월만 흘렀다.

반가운 사람을 곁에 두고서도 흘러가는 강물처럼 영원히 함께하고 싶어도 할 수 없는 것이 인연이리라.

포장마차 밖은 빠르게 흘러가는 21세기인데 포장마차 안은 여전히 20세기의 추억이 흐른다.

빌딩 숲 불빛이 하나둘 꺼져가자 술잔을 기울이던 사람들도 약속이나 한 듯 포장마차에서 일어나 뿔뿔이 흩어진다.

마셔도 마셔도 취하지 않는 술, 마지막 한 모금의 술을 마시고 비틀거리며 일어나는데 주름진 엄마 얼굴이 떠오른다.

자식 목소리 들릴까, 휴대폰을 만지작거리고 있을 엄마 생각에 가시가 걸린 듯 콱 목이 멘다.

아! 우리 엄마.

엄마 생각

엄마는 내가,

사회적 지위가 높고 돈이 많은 거 싫으시단다.

돈이 많고 지위가 높으면

내 자식 바쁘니까. 얼굴 자주 볼 수 없다고.

그저 가까운 곳에 살며

보고 싶으면 한걸음에 달려가 내 얼굴 보는 것이 소망이시란다.

내가 아프지 않고 밥벌이 적당히 하며 사는 게 당신의 기쁨이라신다.

사회적 지위도 높지 않고 돈도 많지 않으면서

세상에서 가장 바쁜 듯 살아가는 불효의 딸,

이룬 것 없이 흘러간 시간…… 내 나이 마흔,

여전히 철없는 딸,

소박한 엄마의 마음도 보듬지 못한다는 생각이 들어

왈칵 눈물이 쏟아진다.

마흔에
엄마가 보인다

허전한 마음을 위로받기 위해 동교동에 갔다.

울긋불긋 베란다에 흐드러지게 피어 있는 모란꽃, 치자 향기가 집 안을 가득 채운다.

엄마의 부지런한 손길을 느낄 수가 있었다.

누구를 위한 수고일까.

엄마는 오래전 아버지를 떠나보내고 소일거리로 화분에 집착했다.

꽃을 좋아했던 아버지가 그리울 때마다 꽃이 핀 화분을 사 나르셨다.

아버지 생일 때에도, 아버지 제삿날에도 엄마는 화분을 사갖고 오셨다.

유난히 아버지가 좋아했던 모란꽃을 수집하듯 사서 모으며 정성을 들였다.

엄마는 온화했던 아버지의 흔적과 느낌을 그리워하며 사는 것이 삶의 이유일까.

엄마는 아버지의 빈자리를 채우기 위해 꽃을 키우는 것이 살아가는 삶의 목표가 된 걸까.

마흔의 나, 살아갈 날이 많은 나는 살아갈 이유를 더할 수는 있지만, 그렇게 해서라도 삶의 이유를 부여하며 살아갈 이유를 하나씩 지워가는지도 모른다.

저녁이면 아버지 생각이 많이 난다며 아이처럼 모란꽃을 만지작거리는 엄마.

엄마의 눈가에는 촉촉이 이슬이 맺히고 금방이라도 눈물이 쏟아질 것만 같다.

아버지를 그리워하는 숨겨진 엄마의 그리움을 느낄 때마다 마음이 베이듯 아프다.

사진 작가들이 사각의 앵글에 좋아하는 풍경을 끌어당기며 잡듯이 나는 이 순간 더 이상 늙지도 않는 엄마의 모습 그대로를 붙잡아 두고 싶다. 오래도록 내 곁에 머물 수 있게…….

정글 숲 명동,
추억의 역사박물관

오후 2시, 젊음의 거리로 쪼개지듯 금빛 햇살이 차오른다.

첫 열차에 쏟아지듯 몰려나오는 사람들이 눈앞에 머문다.

웃으며 삼삼오오 짝을 지어 화장품 가게로 몰려가는 일본 관광객도 보이고, 연인인 듯 깔깔거리며 솜사탕을 먹으며 다정히 걸어가는 이십대 연인도 보이고, 오로지 의원 뺏지를 위해 서민 코스프레를 외치며 골목 가게를 유세하는 부르조아 정치인도 막 지나갔다.

명동은 사계절 변함 없이 살아 움직이는 도심 속의 정글 숲이다.

하나라도 더 팔기 위해 목청껏 외치는 상인이나, 물건을 싸게 사기 위해 흥정하는 손님이나, 권력을 쥐기 위해 서민 코스프레를 외치며 유세하는 정치인이나…… 얻기 위해 갖기 위해 치열하게 살아가는 삶의 전쟁터이다.

연예인, 권력자, 기업인, 회사원, 학생, 주부, 자영업자 할 것 없이 각계각층의 사람을 만날 수 있는 곳이 명동이다.

도시는 변해가도 추억은 여전히 멈추어 있는 곳, 명동.

그 옛날 진하게 우려낸 뜨끈한 멸치국수 한 그릇을 나눠 먹으며 꿈을 키웠던 곳.

눈물 나도록 환했던 청춘, 이미 마음은 뚜벅뚜벅 그때 그 시절로 걸어가고 있다.

명동 골목길 포장마차에서 먹던 어묵도 다시 먹고 싶고, 꾹꾹 눌러 담은 할머니 표 국수 한 그릇도 그립다.

명동은 나에게 여전히 떠나보낼 수 없는 내 추억의 역사박물관이다.

그때나 지금이나 소위 잘나가는 사람, 잘나가지 않는 사람, 앞으로 잘나가고 싶은 사람, 그리고 영원히 잘나갈 수 없는 사람까지 여전히 모여드는 곳이다.

꿈을 쫓는 사람과 꿈에서 멀어지는 사람들이 함께 공존하는 명동.

날마다 누군가는 세상을 다 얻은 듯, 무언가를 잃어버린 듯, 웃는 사람 우는 사람이 함께 살아가는 공존의 정글 숲.

한 번쯤 돌아가고 싶다.

세월은 흘렀어도 마음은 여전히 잊히지 않는 기억으로 신열을 앓고 있다.

단 한 번만이라도 그때 그 시절로 돌아갈 수 있다면.

서른 즈음에
느껴야 할 것들

다 그런 것은 아니지만 스물, 서른, 너무 쉽고 편하고 빠른 것에 길들여
있다.

아주 가끔은 생활의 요령이 될 수도 있지만, 그것이 습관화되고 길들여
지면 나이가 들수록 버거워지고 못 견디게 된다.

생각도 깊게, 행동도 다른 사람보다 한 템포 느리게, 그러나 결정은 냉
철하게 하는 것이 좋다.

기다림, 느림의 미학을 강조하는 이유가 있다.

세상 돌아가는 것을 바라보며 함께 눈빛을 맞추다 보면 편안함과 행복
을 느낀다.

길가에 피어 있는 들꽃, 하늘의 구름, 스치는 바람, 모두 나름대로 존재
하는 이유가 있는 것이다.

무심코 지나치지 말고 마음으로 대화를 나누면 일상에서 행복을 만
난다.

행복, 별게 아니다.

일상에서 마주하는 아주 소소한 것에서 만족을 느끼는 것, 그것이 모여 행복이 된다.

너무 편한 것, 너무 쉬운 것을 찾지 말고 때로는 땀흘려 일한 노동의 수고로움 후에 오는 시원한 물 한잔이 만족을 주는 것처럼 노동의 진정한 가치를 깨닫는 경험, 그것도 서른 즈음에 느껴보아야 한다.

서른아, 고맙다

❀

내 인생에 두 번 다시 오지 않을 이십대의 마지막 날을 보낼 때의 마음
은 허전하고 쓰라렸다.

열심히 살았다고 생각했는데 손에 쥔 것은 아무것도 없고, 내일이면 서
른이라는 생각에 마음만 바빠지고 내가 사는 세상이 두렵다.

서른, 생각만 해도 마음이 시리고 책임감이 느껴져 한없이 어깨가 무
겁다.

두려움으로 며칠을 은둔하며 방황하다가 서른을 정동진에서 맞이했다.
못 다 이룬 꿈 서른에 다시 시작하겠노라며 뜨는 해를 바라보며 다짐했
다. 스무 살에도 거리에서, 서른 살에도 거리에서 꿈을 향해 순결한 열
정을 약속했다.

십 년 사이에 한없이 깊어지고 느긋해진 세상을 바라보는 나의 시선.

따뜻해서 고맙다.

서른아, 반갑다.

정답은
살면서 찾는다

❀

정상을 향해 빨리빨리를 외치며 달려온 설운 서른, 꿈과 이상의 선택적 기로에서 힘든 서른을 보냈다.

사회적 책임도 다하고 내가 사랑하는 것들을 지키기 위해 치열하게 살았다.

잘 살기 위해서는 기다림이 필요하다는 것을 살면서 알게 되었다.

직장에서도, 가정에서도 아름다운 소통을 위해서는 견딤, 기다림의 시간이 중요하다.

아마도 전통차를 즐겨 마신 이유도 이 때문이리라.

녹차를 마시든, 국화차를 마시든 전통차는 15분의 시간을 우려내야 깊은 맛이 난다.

스멀스멀 차향이 코끝에 스밀 때면 차와 나는 소통이 이루어져 하나가 된다.

나이가 들수록 차향에 몰입하는 시간이 길어진다.

혀끝에 달라붙는 그 느낌의 순간이 나를 들여다보듯 몰입하는 시간이다.

서른, 나를 들여다보는 시간이 길수록 나를 알아가는 것도 빨라진다.

나를 제대로 알아야 세상을 제대로 바라볼 수 있으니까.

인생, 그것도 당장 정답이 보이지는 않는다.

살아가면서 방황하기도 흔들리기도 하면서 중심을 잡아가는 것이 삶이다. 그 어떤 삶이든 삶은 주관적이기 때문에 정답이 같지는 않다.

수학은 정답이 분명하지만 삶의 정답은 없는 것이다.

살면서 찾아가는 것이다. 내 삶의 정답을…….

삶의 중반쯤 도착했을 때 어렴풋이 내 삶의 해답이 보이지 않을까?

혼자일 때
행복하다

서른에 접어들면서 나를 위해서 혼자의 시간을 많이 갖는다.

혼자 여행하고, 혼자 쇼핑하고, 혼자 영화 보고, 그렇게 하면서 나를 찾아간다.

혼자 즐기는 여백의 아름다움은 말로 표현할 수가 없다.

내가 하고 싶은 일이 무엇이고, 어떻게 살아야 하는지를 제대로 아는 것이 내가 행복해지는 삶이다.

삶의 행복은 지극히 주관적이다.

나를 사랑하며 진정한 나의 아름다움을 발견하는 것.

그것이 내 삶의 행복이 아닐까?

서른에는
친구가 필요하다

🐝

영화 '섹스 앤 더 시티'를 보았다.

어떤 사람은 네 사람의 러브 스토리를 떠올리겠지만 나는 그들의 우정이었다.

살면서 비가 올 때에는 우산이 되어 비를 피하게 해주는 친구가 있다면, 강한 햇빛이 비치는 날에는 나무가 되어 그늘을 만들어주는 든든한 친구가 있다면, 그것은 축복받은 인생이 아닐까?

함께 인생이라는 멋진 여행을 즐길 수 있는 친구.

서른에는 마음이 통하는 친구가 필요하다.

잘 사는 기준은
무엇일까

인생을 잘 산다는 기준은 무엇일까?

첫째는 잘 먹고 잘 사는 것일 테고, 둘째는 내가 하고 싶은 일을 하며 사는 것이다. 그리고 가치 있게 사는 것이다.

가치 있게 산다는 말은, 누군가를 돕는 행위뿐만 아니라 법 없이도 살 수 있는 도덕성과 윤리의식을 갖춘 반듯한 사람이 되는 것이다.

하지만 대부분의 사람들은 세 번째보다는 두 번째에, 그리고 두 번째보다는 첫 번째에 몰입하며 살아간다.

행복한 삶이 무엇일까?

서른 살까지만 해도 잘 먹고 잘 살기 위해 정말 치열하게 살았다.

마흔이 지나고 나서 행복한 삶은 나만 잘 먹고 잘 사는 것이 아니라 더불어 잘 먹고 잘 사는 것이라는 것을 알게 되었다.

행복한 삶은 가치 있게 사는 것이다.

꼭 필요한 것만 가지려 하고, 여유가 되면 남을 위해 베푸는 삶이 행복이라는 것이다.

많이 가졌다고 해서, 성공을 했다고 해서 반드시 행복한 것은 아니다.

인생에 있어 행복은 내가 하고 싶은 일을 하면서 힘 닿는 데까지 베풀 수 있는 따뜻한 마음을 가지고 사는 것이다.

행복은 대단한 것도, 멀리 있는 것도 아니다.

연장근무하는 동료에게 따뜻한 커피 한잔, 하루 종일 살림하느라 힘드셨을 어머니를 위해 저녁 설겆이를 대신 하는 것, 책상에서 공부하는 수험생 자식을 위해 "힘내"라는 따뜻한 응원의 한마디가 가족을, 직장을, 사회를 아름답게 만든다.

매일매일 작은 실천이 모여 행복은 저축되는 것이다.

행복, 멀리 있는 것이 아니라 내 앞에 있다.

빛이 있는 서른 살은
행복하다

서른, 꿈과 성공을 위해 치열하게 사는 것도 중요하지만 법과 원칙을 지키며 올바르게 사는 것도 중요하다.

반칙이 없는 가정이 모여 반칙 없는 사회가 되고 국가는 법과 질서가 유지된다.

과거 없는 오늘 없고, 현재 없는 내일도 없다.

현재는 어제의 결실이고 미래는 오늘의 결실이다.

농부가 봄에 씨앗을 뿌려 탐스런 결실을 얻는 이유는 근면, 성실, 그리고 사랑으로 뿌린 씨앗을 관리했기 때문이다.

주어진 시간은 누구에게나 공평하다.

스물네 시간을 성실하게 사용하면 더 나은 내일을 맞이할 수 있다.

희망이 없는 삶은, 꿈이 없는 삶은 죽은 삶이다.

여전히 꿈이 남아 있기에 치열하게 살고 있는 것이다.

작은 구멍을 방치하면 나중에는 둑이 무너지듯이, 철저한 시간의 활용으로 내일의 인생이 달라진다.

현재 위기에 처했거나 실패한 사람은 다 이유가 있다. 시간관리를 제대로 하지 못한 벌이다.

오늘의 할 일, 이번 주에 할 일, 이번 달에 할 일, 올해에 할 일을 세밀하게 계획하고 점검하며 살아야 한다.

서른, 적지도 많지도 않은 나이이지만 어영부영하다 보면 마흔이 된다.

서른에 있어 목표를 향한 근면과 계획은 일생의 빛이 되지만 게으름과 무계획은 일생의 빚이 된다.

빛이 있는 서른 살은 행복하다.

흔들리고 방황해야
힘든 청춘도 지나간다

어쩌면 나이가 든다는 건 기억을 조금씩 잊으며, 지우며, 내려놓으며 사는 것인지도 모른다.

그래서 이 세상 떠나는 날에는 추억을 내 가슴에 묻으며 모든 것을 훌훌 털고 가야 한다는 것을…….

큰 바다를 향해 흘러가는 북한강은 나에게 말없는 '흐름'으로 알려주고 있다.

내 삶의 친절한 안내자는 길이었다.

내가 어디로 가야 하고 왜 가야 하는지를 몰라 방황할 때 귓속말로 대답해준다.

네가 가고 싶은 길을 가라고…….

살면서 아픔과 부딪히고 고통과 씨름하며 더 많이 흔들리고 더 많이 방황해야 힘든 청춘은 지나간다.

흔들리는 어제의 발자국이 아픈 오늘의 나를 있게 했듯이, 아픈 오늘의 발자국을 잘 치유하면 중심 잡은 내일의 나를 만난다.

타임캡슐을 타고 과거로 돌아가보면 초등학교 운동장을 뛰어다니던 호기심 많던 여덟 살 꼬마 소녀가 수십 년이 흐른 지금 시인이 되었다.

한때는 나에게도 시간이 어떻게 흘러가는지 모를 만큼 고단한 삶을 보냈던 시간이 있었다.

오로지 먹고 살기 위해, 그리고 내가 하고 싶은 일을 찾아 꿈을 이루기 위해 쉬지 않고 길 위에서 비와 바람을 맞으며 싸웠다.

죽기 아니면 살기로 버틴 그때가 많이 그립다.

그리고 눈물나게 고맙다.

그때 그 시절이 없었더라면 현재의 나는 없을 테니까.

언젠가는 기억 속에서도 잊혀버릴 테지만 자연이 나를 위해 내어주던 따뜻한 위로와 나를 위해 비추던 따뜻한 응원을 잊을 수가 없다.

그때 생을 막아선 혹독한 시련과 욕망을 가슴으로 끌어안지 않았더라면, 키보드 앞에서 누군가 씹다가 버린 상처난 언어의 조각으로 영혼을 위로하는 언어를 조합하는 시인이 되지도 못했을 것이고, 따사로운 일상의 고마움과 그 위로 사뿐히 내려앉는 기분좋은 오후의 햇살을 사랑으로 기쁨으로 만나지 못하리라.

그 옛날 빈 몸으로 찾아간 가난한 시인에게 편안히 쉬어 가라며 자신을 내어준 동백숲의 배려가 없었다면, 누군가를 위해 불 끝에 데이면서도 불쏘시개를 놓지 않으며 살아가는 친절한 작가는 되지 못했을 테니까.

이제는 나를 시인으로 만들어준 아픈 그때 그 시절이 미치도록 그립고 눈물나도록 고맙다.

인생의 정답, 그녀에게 묻고 답하다

가끔씩
마음이 나태해지거나
두려움이 가득해질 때면,
늦은 시간에도
꼬리가 길게 이어진
강변로의
자동차 행렬을 본다.
살아 있는 그 모든 것은,
시간을
뒤로 향하는 삶은 없다.

Chapter 3

후회가 많을수록, 반성의 시간이 길수록 삶은 겸손해지나 보다.
결정이 나에게 오류가 된다 해도 다음에 같은 기회가 오면
실수하지 않는 지혜가 생길 테니까.

이 순간에
목숨을 걸어라

❀

삶이란 농사와 같다.

씨를 뿌리고 물도 주고 잡초를 뽑고 가지를 잘라주어야 한다.

그래야 넉넉한 추수의 기쁨을 맛본다.

인생도 마찬가지다.

결과를 풍성하게 얻으려면 삶에 대한 철저한 계획과 실천 그리고 수정
이 필요하다.

축구 선수가 90분의 경기를, 야구 선수가 9회의 경기를 치르는 동안 삶
과 죽음을 수십 번 넘나들며 경기에 몰입하듯이, 삶 또한 현재의 자신을
탓하며 어린 시절을 그리워하지 말고 이 순간에 몰입하며 충실히 사는
것이 행복이다.

드라마보다 더 드라마틱한 삶도 내가 주인공이고 내가 연출자다.

꿈꾸는 사람에게 꿈은 찾아가듯이 청춘에 목숨 걸고 사는 사람이 행복
의 주인공이 된다.

서른을 잘 살면 마흔이 기다려질 것이고, 서른을 잘 살지 않으면 마흔은
두려워질 뿐이다.
내게 온 이 순간에 목숨 거는 삶이 만족이고 행복이다.

행복

❖

행복은 손금처럼 태어나면서 가질 수는 없다.
시련과 고통을 이겨내면서 단단해지는 근육이다.

살면서
내가 배운 것들

✿

어머니에게 주고 또 주는 사랑의 가치를 배웠습니다.
아버지에게 실패해도 포기하지 않는 법을 배웠습니다.
형제에게는 많이 주고 적게 받는 법을 배웠습니다.
복권을 사도 한 번도 당첨된 적이 없는 나,
인생에는 맞고 틀리고가 없다는 것을
지금 내가 가는 이 길을 걸으면서 알았습니다.
글 쓰는 것이 내가 잘할 수 있는 일이라는 것을
마흔이 지나서야 알았습니다.
마흔이 내 인생의 길을 찾아주었습니다.

내가 좋아하는
곳을 간다면

❦

좋아하는 곳을 간다면 가는 길이 울퉁불퉁해도 괜찮습니다.
걸어갈 수 있으면 되니까요.
가다가 지치고 힘들면 하늘도 보고,
지나가는 바람과도 얘기하면 되니까요.
열심히 가다 보면 내 그림자가 "힘내"라고 응원을 해줄 테니까요.
내가 좋아하는 곳을 간다면.

기다림의 의미

❀

온종일 복잡한 마음으로 하루를 살았다.

마음의 기복이 심한 시간이었다.

하루가 한 달처럼 길게 느껴졌다.

신념이 있다면 그리고 진실하다면 제 몸에 다른 것을 품어도 소나무는 소나무인 것처럼, 세상의 빛을 보려면 아기가 엄마의 자궁 속에서 열 달을 기다려야 하는 것처럼, 살다 보면 기다림이 필요할 때가 있다.

기다림을 이해하고 포용해야 마음이 다치지 않는다는 것을 흐르는 시간이 말해주고 있다.

시간이 지나간 자리에는 어제보다 단단해진 삶의 근육이 조급한 마음을 달래준다.

시간 앞에 겸허해지지 않는 사람이 세상에 있을까.

가치 있는 삶 1

✤

한자에서 인간人間은 사람과 사람이 의지한다는 의미라 한다.

태어날 때부터 인연의 고리를 가지고 있다.

부모와 자식의 관계서부터 친구와 동료, 이웃과 같은 거미줄처럼 수많은 연결의 끈을 가지고 있다.

공중에 던져진 포물선은 결국 한 점에서 만나는 것처럼, 사람은 혼자서는 이 세상을 살 수가 없다.

나를 중심으로 주변 사람들과 사랑을 나누며 산다.

함께 나누는 삶이 아름답고 가치 있는 인생이다.

가치 있는 삶 2

❀

잘 사는 것은 무엇일까? 가치 있는 사랑이란 무엇일까? 돈 많이 벌고
사회적 지위social status도 높이는 것이 최고의 삶일까?

정답은 아마도 임종의 순간일 것이다.

영국의 시인 로버트 브라우닝도 그의 시에 이런 표현을 했다.

"So the chase takes up one's life, that's all……."

그 무엇을 쫓다가 인생을 마치는 것이 삶이라고…….

돈을 쫓다가, 명예를 쫓다가, 행복을 쫓다가, 사랑을 찾다가 그 과정에
서 잠깐 만나는 것이 기쁨이고 슬픔이고 행복이고 불행이다.

잘 살았다는 것 역시 스스로의 만족일 뿐이다.

스스로도 만족하고 남들도 잘 산 사람이라고 평가할 때, 그리고 삶의 결
과도 만족스럽다면 성공한 삶이다. 잘 살았다는 결과가 된다.

삶은 시작도 두려움이듯이 끝도 두려움이다.

삶에 대한 애착이 강한 사람일수록 죽음이 더 두렵게 다가오는 것인지

도 모른다.

그럼에도 불구하고 우리는 아무런 준비도 없이 죽는 순간을 기다리고 있다.

태어나는 것과 마찬가지로 죽는 것에도 순서가 있다면, 아마도 모든 사람들이 삶의 준비를 하는 것처럼 죽음도 철저히 준비를 할 텐데.

막차를 기다리는 사람의 마음은 불안한 것처럼 마지막이 의미하는 것은 서글픔과 이별이다.

나이가 들수록 잘 살고, 잘 사랑하고, 잘 죽는 방법에 대해서 많은 생각을 한다.

어쩌면 삶의 첫 출발은 집을 짓는 마음일 것이고, 죽음은 내가 지은 집을 내 손으로 부수는 것이라는 생각이 든다.

집을 지을 때 철저한 준비와 정확한 설계도가 필요한 것처럼 집을 부술 때에도 비움과 반듯한 파괴도에 의해 나의 죽음을 정리해야 한다.

삶의 시작은 준비를 잘하면 더 좋은 결과를 안겨주듯이, 삶의 마지막도 철저한 준비와 계획 아래 이루어진다면 갑작스럽게 찾아오는 죽음에도 당황하거나 두려워하지 않을 것이다.

잘 살다가 잘 죽을 수 있는 법.

죽음을 두려움으로 맞는 것이 아니라 마치 깊은 잠을 자듯이 편안하게 죽을 수 있는 사람이 잘 살았다는 말을 들을 것이며, 비록 미완의 인생이지만 가장 행복한 삶을 완성한 사람이 아닐까.

삶의 정답을
묻는 그대에게

✤

길은 누군가 걸어가는 사람이 생기면서 만들어진다.

인생도 마찬가지다.

나의 길을 찾아가고 싶다는 욕망이 생기면서 인생의 길은 열린다.

여러 길을 만나 어떤 길을 선택하느냐에 따라 내 운명이 결정된다.

어떤 생각을 하면서 어떻게 사느냐에 따라 행복을 만나기도 하고 불행을 만나기도 한다.

처음부터 끝까지 행복을 만나는 사람도 없고 불행을 만나는 사람도 없다.

행복과 불행은 늘 함께한다.

"좋은 생각을 하면 좋은 일이 생기고 슬픈 생각을 하면 슬픈 일이 생긴다"는 옛말처럼 긍정적인 생각과 올바른 행동만이 곧고 단단한 줄기, 푸른 잎, 탐스런 성공의 꽃을 피울 수 있다.

흔들리며
사는 것이 인생이다

✿

살아가는 것은 흔들리는 것이다.

이 세상에 변하지 않는 것은 아무것도 없고 또한 영원한 것도 없다.

사람은 나이가 들면 늙고, 물건은 오래되면 상처를 입고, 나무 또한 그

언제인가는 쓰러지거나 죽는다.

〈흔들림〉, 그것은 바람에 의해서 그 무엇에 의해서 흔들리는 것이다.

허영이 되기도 하고, 욕망이 되기도 하고, 이루지 못한 꿈 때문에 흔들

리다가 쓰러지기도 하고, 다시 제자리에 서 있기도 하는 것이 인생이다.

그 누구도 흔들리지 않는 인생은 없다. 〈흔들림〉이 돈이 될 수도 있고,

권력일 수도 있고, 명예일 수도 있고, 또 아름다운 외모일 수도 있다.

사람은 태어나면서 죽을 때까지 흔들리다가 사라지는 허무한 존재다.

내가 생각하고 내가 선택한 길을 따라 흔들리며, 비틀거리며 살아가는

것이 인생이다. 흔들리면서 살아가는 법, 사랑하는 법, 행복해지는 법을

알아가는 것이 인생이다.

무소의 뿔처럼
혼자서 가라

❀

사람을 만나 진심으로 대화를 나누다 보면 느끼게 된다.

전쟁같이 살던 삶이 내 것이 아니라는 것을 알게 되고, 나와는 상관이 없을 거라 생각했던 세상의 짐이 내 것이 되어 어깨를 짓누를 때가 있다.

마음이 맞지 않는 사람과 때로는 억지웃음을 지으며 함께 밥을 먹어야 할 때도 있고, 울고 싶은데 울 수 없는 순간을 견뎌야 하는 날도 있다.

외줄 타는 곡예사처럼 앞만 보고 가야 할 때도 있고, 때로는 게처럼 옆으로 걸어가야 하는 순간도 만나고, 때로는 뒤로 걷다가 넘어지기도 하는 것이 인생이다.

울퉁불퉁한 길을 여행하는 것이 인생이다.

인생은 강물과 같아 뒤로 갈 수도, 흐르는 것을 막을 수도 없다.

생파 향기같이 아리기도 하고, 어떤 날은 수채화처럼 번져 흐려지기도 하고, 또 어떤 날은 쉽게 지워지지 않는 유화의 삶이 인생이다.

그 어떤 삶이든 항상 달콤하고 부드러운 쉬폰케익 같은 인생은 없다.

"무소의 뿔처럼 혼자서 가라"는 불교 숫타니파타의 경전에 나오는 말처럼, 아무리 힘들어도 홀로 가야 하는 것이 인생이다.

고난을 피하지 말고 당당히 헤치고 가야 한다.

인생은 사는 날까지 '행복'이라는 숨은 글자를 찾는 일인지도 모른다.

내가 선택한 인생,

포기하고 싶어도 내 인생이다.

최선을 다해 무소의 뿔처럼 당당히 가라.

깨달음

❧

비어 있는 공간을 가득 채우기 위해 높이 오르는 것만 생각했던 스무 살
즈음.

팔을 높이 뻗어 구름을 잡고, 다리를 들어 하늘까지 오르고, 넘치도록
가득 채우기 위해 치열하게 살았는데……

다 이루는 것도 다 채우는 것도 과욕이었다는 것을…….

아무리 노력해도 내 그릇만큼의 욕망이 존재한다는 것을…….

서른 후반에 깨닫게 되었다.

마흔이 지나고부터는 욕망도, 자신감도 줄고 느리게 그리고 조금씩 내
어주며, 비워가며 살고 있다.

이제는 땅을 내려다보며 종착지를 넘어지지도 않고, 다치지 않고 편안
히 내려가는 법을 찾고 있다.

경계를 늦추고
두려움을 내려놓으라 하는데

✿

자연은,

이제 그만 그림자처럼 수십 년 동안 나를 따라다니던 두려움을, 의심을 내려놓으라고 한다.

사월, 나주 배밭을 수놓은 새하얀 배꽃이 달콤한 향기를 뿜으며 내게 말을 걸어온다.

끝없이 펼쳐진 배나무 숲에서 길을 잃어도 행복할 것 같다.

얼마 전 나뭇가지에 소복하게 내려앉았을 눈꽃은 사라지고 희미한 기억만 몇 잎 남았다.

무언가를 가슴에 품고 제대로 키워낸다는 것은 정성 없이는 불가능한 일.

비슷한 크기의 씨앗에서 달콤하고도 깊은 향기가 나는 배를 키워낸다는 것은 사람과 자연의 마음이 하나로 모아져야 이루어지는 법.

그래서 어쩌면 활짝 핀 배꽃을 경건하게 바라보며 풍성한 추수를 위한

잔치가 아닐까 싶다.

배나무 숲은 나에게 두려움을, 의심을 이제는 내려놓고 훨훨 날아오르라고 다그치지만…….

난 여전히 두려움, 의심이라는 숲에 갇혀 그 안에서 빙빙 돌고 있다.

두려움과 의심을 내려놓고 경계를 늦추고 멈추어야 하는데…….

그래야 탐스런 배를 수확하듯 인생 1막을 마무리하는데…….

여전히 추수를 미루고 경계를 멈추지 않고 있다.

무엇이 두려워서일까. 망설임만 가득한 내 안에는.

나는 물들기 쉬운
사람이지만

✤

청춘 시절이나 지금이나 내가 가장 좋아하는 색깔은 흰색이다.

그 이유는, 다양한 색깔로 변신할 수가 있으니까.

옷도, 가방도, 모자도 흰색이 많다.

흰색 앞에 서면 부끄러워지고 창백해진다.

그 이유는, 물들기 쉬운 사람이니까.

사랑 앞에서는 붉은색으로, 진실 앞에서는 흰색으로 금방 물이 든다.

비록 헛된 욕심이 찾아와 내 마음을 잠시 흐려놓아도 마음을 뺏기지 않

고 기다리면 다시 맑아진다.

나는 흰색을 좋아하니까.

흐려지는 것도, 원하지 않는 색깔로 변하는 것도 싫어하니까.

수십 년을 그렇게 살았다.

헛된 욕심이 찾아오면 내 것이 아니란 생각에 떠날 때까지 기다린다.

찬 물에 얼굴 한 번 씻고 나면 깨끗한 물에 잠시 흔들렸던 마음도 중심

을 잡는다.

욕망은 갑자기 찾아오는 폭우와도 같아 언제든 나를 전혀 다른 삶으로 바꾸어놓는다.

운이 없으면 파멸로 빠지고 재수가 좋으면 신데렐라가 되기도 한다.

하지만 분에 넘치는 욕망은 모험이고, 위태롭고, 치명적이다.

내가 감당하기에는 두렵고 무섭다. 버겁다.

그래서 싫다.

나는 여전히 지금의 나이고 싶으니까.

어제도 그런 생각을 했고, 오늘도 같은 생각이고, 내일도 마찬가지다.

거대한 힘에 휘둘리지도, 굴복하지도 않고 익숙한 것들에게만 눈길을 주는 이런 내가 참 좋다.

괜찮아,
곧 지나갈 테니까

❀

서른 중반에 첫 번째 책을 출간하면서 미련과 후회의 늪에서 종일 고민
했다.

공자는 "하루에 세 번 이상 반성해야 사람답게 살 수 있다"고 했지만,
'최후의 선택'이라는 순간을 만났을 때 진통제에 의존할 만큼 아프고
힘들었다.

결정하고 난 뒤에 선택과 포기의 강을 오가며 후회와 미련 속에서 헤매
었다.

후회가 많을수록, 반성의 시간이 길수록 삶은 겸손해지나 보다.

결정이 나에게 오류가 된다 해도 다음에 같은 기회가 오면 실수하지 않
는 지혜가 생길 테니까.

포기할 수 없는 꿈을 이루기 위해서는 죽도록 노력하고 배려하고 양보
해야 한다.

그래야 내가 원하는 '영혼이 춤추는 작가'로 살 수 있을 테니까.

더디게 꿈이 이루어질 것 같아 많이 고통스럽지만,

조금만 더 힘내자.

이 또한 지나갈 테니까.

포기하지 말고 기다리자.

곧 용광로보다 뜨거운 날이 찾아올 테니까.

쓴맛 뒤의
달콤함

✿

대학 2학년 때 처음으로 맥주를 입에 대었을 때, 쓰디쓴 것을 사람들은
왜 그리 달콤한 표정으로 마시는지 알 수가 없었다.

세월이 흘러 고비고비 인생의 쓴맛을 경험한 교사 생활 6년차의 서른이
되었을 때, 좋은 사람들과 마시는 술은 묘약이 된다는 것을 알게 되었다.

인생도 쓴맛 뒤에 오는 달콤함이 아닐까?

행복을
깨닫게 된 날

❖

프러로듀서가 되고 싶었는데 아버지의 권유로 교사의 길을 가게 되었다.

교사 생활을 할 때에 시인으로 살면 행복할 줄 알았다.

교사 생활 7년차에 시인으로 등단하면서 시인과 교사 생활을 함께
했다.

두 가지 일을 하는 것은 생활에도 건강에도 문제가 생겨 교사 생활을 접
고 프리랜서 작가의 삶을 시작했다.

행복의 기준 그리고 행복의 가치를 '돈'에 두지 않는 나의 삶 때문에 가
족이 불편하고 힘들 거라는 생각을 하지 못했다.

돈이 부족하면 불편한 것이지 불행한 것이 아니라는 나의 생각은 가족
들에게 부담이 된다는 것을 나중에 알았다.

학교를 그만두고 몇 년을 프리랜서로 일하다가 다시 글 쓰는 일과 관련
이 있는 의원 정책보좌 일을 시작했다. 담당은 연설문 쓰는 일이었다.

혼자서 글을 쓰면서 할 수 있는 일이라 좋았다.

그렇게 내 작품을 꾸준히 발표하면서 생활에 도움이 되는 프리랜서 작가의 일을 하면서 꿈을 키웠다.

나에게 행복을 주는 나의 꿈은 무얼까?

늘 생각하고 또 생각하지만 10년 전이나 지금이나 변함이 없다.

스무 살 즈음에는 행복은 많은 돈과 남이 부러워하는 사회적 위치라고 생각한 적이 있다.

하지만 그것을 얻기 위해 내 청춘을 바친 나의 삶은 상처투성이였으니까.

남이 부러워하는 돈 그리고 사회적 지위보다 중요한 것은 내가 편안하고 내가 행복해야 하니까.

그 깨달음을 실천하는 데 10년을 방황하며 먼 길을 돌아 이제서야 제자리를 찾았다.

행복이라는 것은 가족이 나로 하여금 부담스럽지 않고, 내가 배고프지 않을 정도로 생활하며, 내가 원하는 작품을 쓰는 데 필요한 적당한 돈만 있으면 되는 것.

사랑하는 사람들을 힘들게 하지 않고 꼭 필요한 것을 살 수 있으면 된다.

돈을 많이 가진 사람, 최고의 권력을 가진 사람은 성공했다고 말할 수 있어도 행복하다고 말할 수는 없다.

행복은 보여지는 것이 아니라 내가 느끼는 것이니까.

행복은 주관적인 것이니까.

아무리 보여지는 삶이 행복해도 스스로는 행복하지 않다고 말할 수도 있으니까.

인세 수익과 프리랜서 작가의 수익을 합쳐도 한 달 생활비를 빼고 나면 잔고가 거의 없었다.

작가로 살면서 작은 바람이 있다면 인세 수익만으로 생활을 할 수 있고 더도 말고 덜도 말고 잔고가 백만 원 정도가 남아 있는 것이다.

작가의 삶이 가난하고 배고프다는 것을 알게 된 것도 작가의 삶을 살면서 알았으니까.

전업작가의 삶은 영혼이 편안해도 육체가 고달프니까.

작가의 삶이 반드시 행복이라고 할 수는 없다.

그럼에도 불구하고 나는 행복하다고 말한다.

그 이유는 내 행복의 기준은 물질적인 풍부함이 아니라 마음이 편해지는 것이니까.

자위하는 말일지 모르지만 "가진 것이 많다는 것은 때로는 무거운 짐이다"라고 말한 괴테의 말을 난 진리라고 믿는 사람이다.

오래도록 타인을 가르치며 평범하게 살았던 그때보다도 오로지 나를 생각하고, 나를 위한, 내가 행복해지는 삶을 살고 있는 지금이 내 생애 최고의 순간이다.

누구처럼 수천만 원짜리 가방을 사지는 못하지만, 평생을 살아도 천만 원짜리 도시락을 먹어보지도 못하겠지만, 그래서 돈 많은 사람이 보기에는 가난한 작가의 삶을 살고 있는 내가 행복하다고 말하는 것이 웃기다고 여겨질지 모르지만, 고통 속에서 밤새도록 키보드를 두드리며 담요 하나로 소파에서 새우잠을 자도 그 어느 때보다도 지금 이 순간이 행복하니까.

나는 행복한 사람이다.

그래서 난 가난한 작가의 삶을 사는 내가 좋다.

비상하자, 높이

✿

두려움을 주고 여전히 고통을 느끼는 삶의 갈림길이 얼마나 많이 남았을까.

아낌 없이 그리고 의심 없이 내어주던 때. 세상이 나를 향해 열렸다고 믿었던 청춘 시절을 다 보내고 난 지금, 작은 일에도 덜컥 겁이 난다.

어제와 같은 일상으로부터의 탈출을 꿈꾸었지만 어제와 다르지 않은 오늘이 저문다.

살고 있지만 살아 있다는 생각이 들지 않을 만큼 무덤덤한 때도 많고, 매운 고추를 먹은 듯 삶이 너무 강렬해 살아 있다는 것이 무섭게 느껴질 때도 있다.

때로는 짙은 어둠이 살고 싶은 욕망을 내려놓게도 하고, 때로는 뜨는 태양을 보며 멋지게 살아 날아오르리라는 꿈도 꾼다.

90퍼센트의 무덤덤한 삶 속에서도 5퍼센트의 기쁨과 5퍼센트의 고통을 적절히 융합하면서, 맑은 물이 흐르는 남한강을 바라보며 아픈 꿈을 접고 희망의 날갯짓을 내일을 향해 펼친다.

그래, 10퍼센트는 내버려 두고 90퍼센트의 무덤덤한 삶을 활기차게 끌어당기자.

멋지게 살아야 한다.

더 이상 후회하지 않기 위해서, 비상하자. 높이…….

더 늦기 전에

❀

맛있는 음식을 먹을 때는 맛있다고 표현하고, 아름다운 음악을 들을 때
는 얼굴에 표정을 담아 웃자.

누군가로부터 도움을 받았을 때는 눈빛을 맞추며 고맙다고 말하자.

사랑하는 마음을 느꼈을 때는 사랑한다는 말을 하자. 지금까지 속으로
만 생각하고 담아뒀던 의미들을 아낌 없이 표현하며 살자.

그래야 먼 훗날 후회하지 않을 테니까.

살아온 날보다 살아갈 날이 많지 않으니까.

포장하지도 말고 숨기지도 말고 직설화법으로 쏟아내자.

더 늦기 전에.

내려놓기

✦

오늘도 욕심을 조금 내려놓았다.

보여주기 위한 글에 대한 욕망, 명예에 대한 욕심, 돈에 대한 욕심, 사랑
에 대한 집착을 어제보다 조금 더 내려놓으니 훨씬 마음도 몸도 가벼워
졌다.

글을 쓰며 살아가는 데 꼭 필요한 것들만 갖자.

나머지는 다 내려놓자.

그래야 이 세상 떠날 때에는 내려놓을 것이 없어 훨훨 날 수 있는 한 마
리 자유의 새가 될 테니까.

그때까지 미련 없이 천천히 내려놓자.

나는 마흔에
어른이 되었다

❖

서른 살까지만 해도 행복은 꿈을 이루어 성공하는 것이라 생각했다.

그러나 서른의 꿈을 이루고 나니 마흔의 꿈이 날 고통 속으로 밀어넣었다.

높이 날수록 더 높이 날아오르려는 새처럼 남의 욕망까지 가지려 드는 나쁜 허영으로 가득 찼다.

그 죄로 몇 년을 흔들리며 방황했고, 내 욕심의 중량을 정확히 알고서야 평온을 찾았다.

그때 내 나이는 마흔.

마흔에 어른으로 새 출발을 시작했다.

생각의 차이

❀

깨끗한 물 속에는 고기가 살 수 없듯이, 적당히 오염되고 적당히 흐린 곳에서 적당한 생각과 행동을 사는 것이 차라리 보통의 삶인지도 모른다.

대부분 사람들은 그것을 알면서도 잘 버티며 살고 있는데, 왜 나만 유독 힘이 드는 걸까?

내 힘으로 바꿀 수 없는 세상이라면 내 마음을 바꿔서 내가 세상 속으로 들어가야 하는데, 그게 잘 안 된다.

그것을 포기하는 것은 내가 그곳을 탈출하는 수밖에 없다.

어머니 품에
안기고 싶다

❦

길 위에서 머뭇거리던 일을 잠시 접고 어머니에게로 간다.

끝없이 나를 이끌어주시던 당신의 희생적인 사랑을 그리워하며.

내 여린 핏줄을 당신 가슴에 묻고 어릴 적 포근했던 그 추억으로 잠시 돌아가고 싶다.

가도 가도 끝없는 세상과의 논쟁을 잠시 접어두고, 하늘 높은 줄 모르고 오르려고만 했던 내 허영의 날갯짓을 접고, 햇살처럼 따뜻하고 포근한 당신의 품속으로 들어가고 싶다.

그래서 오래도록 낯선 곳을 방황하던 삶에 지친 내 영혼을 위로받고 싶다.

차 조심해서 오라는 당신의 기분 좋은 음성을 듣는 것만으로도 힘이 나는 오늘…….

해가 뜨는 동쪽의 나라인 듯, 알 수 없는 설렘으로 나를 부풀게 하는 꿈의 동산, 당신이 머무는 그곳으로 곧 가리라.

봄꽃처럼 화사하게 웃으며 마당까지 나와 있을 어머니의 미소를 생각하며, 당신을 만나기 위해 달려간다.

어머니, 따뜻한 당신의 품에 여덟 살의 소녀로 돌아가 안기리라.

어머니, 사랑합니다, 그리고 고맙습니다.

작가는
운명이다 1

✿

언제부터인가 어휘는 나의 존재가치를 단정짓는 생활이고 삶이 되었다.

꿈을 이루기 위해 편안히 앉아 제대로 밥을 먹은 기억도 드물고, 졸려도 침대에 누워 잠을 잔 기억도 오래전의 일이다.

늘 눈을 뜨고, 졸면서 밥을 먹고, 키보드에 얼굴을 묻고 앉아서 잠을 잘 때가 많고, 담요 하나로 소파에서 새우잠을 자는 날이 대부분이다.

한때는 지독한 삶의 갈림길을 만나면서 견고한 감옥에 갇힌 생각이 들어 삶을 포기하려 한 적도 있지만, 그 힘든 시기를 지나고 보니 맘에 드는 글도 나오고 내 몸과 영혼 속에서 흘러 나오는 어휘의 조합에 스스로 감탄할 때도 있다.

마치 신들린 작가가 되어 밤새도록 내 사유와 감성을 뒤흔들면서 맘에 드는 어휘의 융합을 맞출 때가 있다.

그런 날에는 무엇을 먹지 않아도 배가 부르고 기분이 좋다.

비록 많이 팔리지 않아 인세를 별로 못 받는 결과를 안더라도 만족을 느낄 때가 있다.

부족하지만 밥도 먹여주고, 여행도 보내주고, 좋은 사람도 만나게 해주니까.

언젠가 시인의 길로 가겠다는 나를 시를 써가지고는 밥 빌어먹는다며 주저앉히려고 했던 가족이 생각난다.

그때 포기하고 잘 닦여진 평범한 길을 갔다면 다른 형제들처럼 편안한 삶을 살고 있을지도 모른다.

이제는 어휘가 집이고, 쉼터이고, 삶의 이유가 되었다.

여전히 작가로 산다는 것은 매달 일정한 수입이 있는 것이 아니라 힘들고 배고프지만, 이제는 운명이라 생각하고 산다.

내가 태어난 곳은 육지이고, 내가 살면서 사랑한 곳은 바다이다.

글의 뿌리는 아버지, 어머니의 몸을 빌려 육지에서 태어나 마른 땅에 나무가 뿌리를 내리는 것처럼 단단하고 곧다.

하지만 살면서 여행을 많이 가고, 특히 바다를 사랑해서 줄기와 잎은 미풍에도 흔들리듯 섬세하고 가냘프다.

그 힘겨운 나와의 싸움, 세상의 시련을 헤치고 포기하지 않고 여기까지 온 것도, 삶의 고단함이 끝이 보이지 않을 때마다 생각나는 하늘에 계신 아버지, 그리고 말없이 지켜봐주시며 등을 토닥여주시는 어머니가 계시기에 힘들어도 포기하지 않는 이유이다.

그리고 타고난 끈기와 도전이 나를 받쳐준 버팀목이다.

내 글의 뿌리를 끌어당기는 힘은 바다, 수평선이다.

내 마음의 안식처이고 고향이기도 하다.

죽고 싶을 만큼 삶에 허기가 지고 이토록 넓은 세상에 나 혼자라는 생각이 들 때에는 맨발로 백사장을 밟으며 따끔거리는 발바닥의 감촉을 느끼며 삶의 존재를 생각하고, 내가 세상에서 가장 행복한 사람이라고 느꼈을 때에도 바다 한복판에서 괭이갈매기와 소통을 하고 있었으니까.

작가로서 삶을 살게 한 뿌리는 바다이다.

그래서인지 모르지만 그 어디를 여행하는 것보다도 바다를 여행할 때가 가장 편안하고, 웃고 있는 나를 발견한다.

아버지, 어머니, 그리고 바다는 내 삶의 중심체라는 것을 다시 한 번 느낀다.

작가는
운명이다 2

❦

어떤 철학자가 말한 것처럼, 가슴 깊숙이 상처를 숨겨놓고 있으면서도 아프다고 소리지르거나 신음소리도 내지 못하는 존재가 시인이라고.

그렇다. 수열을 조합하듯 어휘의 가장 아름다운 조합을 찾아내기 위해 수십 번 수백 번을 읽고 쓰고 또 수정하다가 마지막으로 독자가 되어 읽은 후에 탈고를 하는 내 이름은 김.정.한.

등단 15년이 되는 마음이 여린 시인이다.

시인으로 살면서 단 하루도 고통스럽지 않은 날이 없다.

아침에는 꿈과 이상이 다른 현실에서 방황하는 서른 살의 A가 되기도 하고, 저녁에는 돈에 목말라하는 평범한 가장 B가 되어 운다.

잠들기 직전에야 있는 그대로의 나를 찾는다.

아마도 꿈속에서조차 나는 세상이 뿌려놓은 배고픔 때문에 고통스러워하며 울부짖을 것이다.

어느 날 꿈속에 나타난 이름 모를 할아버지의 "시인은 네 운명이다. 거부하지 말고 온몸으로 받아들여라" 그 한마디에 시인의 길을 걷는 내 운명을 사랑하기로 했다.

순종하며 '받아들임'을 선택한 것이 이제는 편안하다.

가혹한 형벌이지만 행복하다.

죽을 만큼 힘들 때에는 '토닥토닥 힘내'라고 스스로를 응원한다.

오로지 세상의 아픔과 고통을 대신 아파해주는 능력을 주신 신에게 매일 잠들기 전에 순종의 의미로 감사의 기도를 드린다.

글을 쓸 수 있는 탁월한 능력을 주신 그 누군가를 향해 무릎 꿇고 착한 기도를 겸허히 드린다.

아멘.

인생, 한평생
십자가를 지고 사는 것

✤

살다 보면 실패와 좌절에 오래도록 자포자기 상태에서 멈출 때가 있다.
아무런 생각 없는 식물인간이 되어 먹고 배설하고 자고 하는 기본적인
욕구만을 채우고 살 때가 있다.

그런 나약하고 자신없는 마음과 행동을, 할 수만 있다면 세탁기에 넣어
한 시간 안에 현재 '내가 버리고 싶은 것들'을 세탁하거나 버리고 싶을
거다.

세상에는 단 한 번도 넓고 넓은 세상에 자신있게 날아보지 못한 사람도
있을 테고, 수없이 매일 밥먹듯 성공이라는 날개를 달고 훨훨 날고 싶은
사람도 있을 것이다.

실패한 사람에게는 그리고 성공한 사람에게는 이유가 있듯이 날아보지
못한 사람도, 매일같이 나는 사람에게도 분명한 이유가 있다.

날지 못하는 이유, 날 수밖에 없는 이유를 찾아내서 내 것으로 만든다
면, 한 번쯤은 날개를 달고 내가 원하는 곳으로 날 수가 있다.

태어날 때 분명 환경적 차이는 있지만, 살아가면서 스스로 노력하며 하나둘씩 이루어가는 것이 가장 값진 삶이다.

무엇이 되어 어떻게 하겠다는 꿈은 누구나 꿀 수 있지만, 꿈을 이루기 위해 실천하는 것은 대단한 용기가 필요하고, 생활의 한 부분이기 때문에 끈질긴 의지가 없으면 불가능하다.

가끔씩 마음이 나태해지거나 두려움이 가득해질 때면, 늦은 시간에도 꼬리가 길게 이어진 강변로의 자동차 행렬을 본다.

살아 있는 그 모든 것은, 시간을 뒤로 향하는 삶은 없다.

시간을 뒤로 하는 삶은 이미 죽은 사람이기 때문이다.

매일 우리는 배고픈 삶을 살고 있다.

어떤 사람은 돈에 배고프고, 어떤 사람은 명예에 배고프고, 어떤 사람은 권력에 배고프고, 또 어떤 사람은 외모에 배가 고파 힘들어한다.

이 세상에 배고프지 않은 삶은 없다.

그 배고픔을 채우기 위해 어렴풋이 귀동냥한 어설픈 지혜로 어제보다 더 나은 삶을 살려고 노력한다.

잘 사는 방법에는 로드맵이 없다.

살아가면서 실패하고, 좌절하고, 상처를 주고, 상처를 받으면서 숱한 경험을 통해 스스로 깨우치고 알아가는 것이다.

성공한 사람이든 실패한 사람이든 과거를 돌이켜 보면 한 번쯤 뜻대로 되는 일이 없어 포기하고 싶고, 세상에 나 혼자라는 생각에 하염없이 눈물이 흐르고 가슴속이 텅 빈다는 생각.

그래서 낮술에 취해 길바닥을 비틀거리며 울면서 자신의 애창곡을 소리 높여 부르는 때도 있다.

인생…….

돌아보면 중간중간에 기쁨의 여백이 채워지는 때도 있지만, 노래 제목처럼 삶의 끈을 놓는 순간까지 고해의 길이다.

죽음의 순간이 오면 그 어떤 사람이든 더 이상 초라할 것도 없는, 가진 것 다 놓아두고 비슷한 모습으로 삶을 마감한다.

사람은 태어나면서 죽을 때까지 한평생을 십자가를 지고 사는 운명이다.

끝없이 허무한 것이 인생이다.

그녀, 더하기 빼기 곱하기 나누기로 행복의 꽃을 피웠다

욕심을 버리니
스쳐가는 바람에도
고마움을 느끼고,
길가에 피어난
이름 모를 꽃도
귀하게 느껴졌으니까.
집착을 버리니
기다림도
그리움이 되더라.

Chapter 4

푸르던 잎과 아름다운 꽃이
다 떨어져나가고 수액까지 빠져나가 말라 비틀어진
앙상한 겨울나무에서 무소유의 지혜를 얻는다.
다 털어내고 빈 상태에서 혹독한 추위를 견뎌서 살아내야
푸르른 잎과 오색찬란한 색의 꽃을 피우는 봄을 맞는다.

나는, 더하기 빼기 곱하기 나누기로
행복의 꽃을 피웠다 1

♣

글을 쓰려고 하니 아픈 몸이 지친 영혼을 기댄 채 쓰러져 있고 쓰러진 몸은 지친 영혼을 다그치며 주워다 놓은 어휘를 부둥켜안고 울고 있다.

시詩까지 아프고 세상이 흔들린다.

작업실 위 낡은 탁자에는 식어버린 커피 머그잔이 세 개씩이나 있다. 생각날 때마다 곳곳에 붙여둔 포스트잇에 담긴 메모는 내 손길을 기다리듯 눈 끝에 툭툭 채인다.

보내야 할 이메일, 내야 할 세금, 청탁받은 원고까지 나를 재촉하며 우두커니 서 있다.

무엇을 먼저 하고 무엇을 나중에 해야 할지 막막하다.

눈을 감은 채로 멍하니 벽에 기댄 채 우두커니가 된다.

소설가 김성동의 '황야에서'의 글들이 눈앞에 밟힌다.

죽으러 찾아간 바다에서 절망의 끝을 안는다.

절망의 끝에는 또 다른 희망이 있다.

길이 끝나는 곳에 길은 시작이 되고 이별 후에는 또 다른 만남이 기다리고 있다는 명제와도 같다.

지금 나에게 필요한 것은 무엇일까?

'카르페 디엠Carpe diem', 이 순간을 열심히 사는 것이 아닐까?

영화 '죽은 시인의 사회'에서 키팅 선생이 학생들에게 이 말을 외치면서 더욱 유명해진 말로 밝은 미래를 위해 이 순간을 헛되이 보내지 말라는 충고이다.

치열하게 사는 것이 정답이다.

적어도 먼 훗날 지금을 생각하며 '그때 이렇게 하지 말고 저렇게 했더라면 좋았을걸'이라며 후회하지 말아야 하니까.

신은 나에게 늘 이렇게 하지 말고 저렇게 할 수 있는 기회를 여러 번 주었는데, 그것을 잡아 내 것으로 만든다는 것이 힘이 든다.

기웃거리다가, 망설이다가, 잠시 미루다가 기회가 달아나버린다.

삶의 기적은 매 순간 일어나지만 잡느냐 놓치느냐는 오로지 나의 몫이고 나의 능력이다.

선택에 대한 책임도 나에게 있다.

치열하게 살아야 한다고 다짐하며 다그칠수록 우연에 기대며 우두커니로 살고 싶은 마음도 간절하다.

시간이 흐를수록 나의 보호자는 나 자신이라는 깨달음이 나를 조급하게 만들고 강하게 만든다.

그래, 그냥 잘 먹기 위해서 사는 것이 아니라 행복하게 살기 위해서 치열하게 살자.

더하기, 빼기, 곱하기, 나누기를 정확하게 하면서 나를 위해 치열하게 살자.

나는, 더하기 빼기 곱하기 나누기로
행복의 꽃을 피웠다 2

❀

치열하게 살다가 뇌졸중으로 죽은 프랑스의 소설가 스탕달의 묘비명에
"He lived, He wrote, He loved"라고 쓰여 있는 것을 보면 그가 작가
로서 얼마나 치열하게 살았는가를 단 세 문장에서 읽을 수가 있다.

그 어떤 인생이든 쉬운 길은 없다.

인간이라면 누구나 유토피아를 꿈꾼다.

하지만 노력하지 않고 유토피아의 세상을 만날 수가 없다.

세상에서 가장 어려운 시험이 행복의 문을 통과하는 시험일 거다.

행복이라는 시험은 외워서도 안 되고 커닝도 할 수 없으며, 끝까지 살아
봐야 성적이 나온다.

생각해보면 행복과 불행은 서로 다른 문 하나를 사이에 두고 있다.

삶의 정답은 없다고 하지만 지금 행복하다고 느끼는 사람은 삶의 정답
을 찾은 것이고 행복하지 않다고 느끼는 사람은 삶의 정답을 찾지 못한
사람이다.

행복의 기준은 다르고 행복은 지극히 주관적이다.

오로지 많이 갖기 위해 더하고 곱하는 삶이 행복이라고 말하는 사람도 있고 가진 것이 많지 않아도 내가 아닌 누군가를 위해 빼고 나누어주는 것을 행복이라고 여기는 사람도 있다.

그 어떤 삶을 살든 지금 나의 삶이 만족스럽고 편안하다면 행복한 삶을 살고 있다는 말이 된다.

하지만 그 누구든 태어나서 죽을 때까지 한평생 행복만을 안는 사람도 없고, 한평생 불행만을 안고 사는 사람도 없다.

행복과 불행은 늘 함께 있으니까.

누구나 조금만 소홀하면 불행해질 수 있다.

때문에 인생은 나 자신과의 싸움이다.

나를 잘 다스리고 잘 이해하고 나를 신뢰하는 사람은 행복하다.

인생은 같은 속도로 직진만 하지는 않는다. 때로는 브레이크나 액셀러레이터를 밟기도 하고 좌회전이나 우회전도 해야 한다. 때로는 엔진을 잠깐 멈추기도 하고 유턴도 해야 한다.

돌발사고가 일어나 어느 순간에 좌회전 혹은 우회전을 해야 할 때가 있다. 이 길이 아니라고 판단이 되는 때는 유턴을 해야 한다. 때로는 붉은 신호등 앞에서도 달릴 수밖에 없는 상황도 생긴다.

더하기 곱하기를 잘하든 빼기 나누기를 잘하든 결국 내 인생의 운전자는 나이다. 그 어떤 길로 들어서든 결과에 대한 책임도 내 몫이다.

버림이
행복의 완성이다

✿

오로지 인생을 덧셈 공식에만 몰입하고 사는 것이 행복이라고 생각하던 나에게 어느 날 찾아온 뺄셈의 미학이 나를 철들게 한다.

덧셈을 최고라고 생각하며 달려온 스물에서 마흔까지의 삶이 행복의 전부가 아니라는 것을 알게 된다.

한순간 배고픔으로 찾아온 뺄셈의 생활이 나를 돌아보게 만들고 진정한 어른으로 만들어놓았다.

늘 빠르게 앞만 보고 달리던 나에게도 느닷없이 찾아오는 소나기처럼 주고, 버리고, 뺴앗기는 순간을 만났다.

주지 않기 위해, 뺴앗기지 않기 위해 애를 쓸수록 때가 되면 통장에서 공과금이 한순간에 빠져나가듯이 알게 모르게 많은 것이 빠져나가는 순간이 찾아온다.

받는 순간을 만나면 주는 순간도 만난다는 진리를 왜 깨닫지 못했을까.

이래도 저래도 삶이라는 것은 예정된 수순으로 예정된 시간에 도착역에 이른다.

살다 보면 똑바른 고속도로의 길을 가기도 하고, 때로는 구부러진 국도를 가야 할 때도 있다.

때로는 도랑에 빠져 넘어지기도 하고 때로는 낭떠러지에 굴러 다치는 것이 인생이다.

아무리 조심해서 살아도 사람의 힘으로는 어쩔 수 없는 그런 순간이 찾아오고 또 지나간다.

직선은 반듯해서 좋고 곡선은 부드러워 편안하듯이 인생도 적당한 굴곡이 있어야 아름답다.

씨앗이 땅에 떨어져 싹이 나오고 어린 나무가 자라기 위해서는 적당한 햇빛, 바람, 온도, 수분, 영양소가 있어야 하며 중간에 정성을 들여 가지도 쳐주어야 튼튼한 큰 나무로 자라듯이, 사람의 인생 또한 수많은 고난과 시련을 겪어내야 삶이 완성된다.

세상에 저절로 이루어지는 공짜 인생은 없다.

부모에게 유산을 많이 물려받은 부자라도 제대로 유산을 관리하지 못하면 제로 인생이 된다.

살아갈수록 인생이 고차방정식과 같다는 생각이 든다.

항상 그 속에 풀어야 할 문제가 있고, 예상할 수 없는 일들이 일어난다.

아무리 어렵고 복잡하게 꼬인 문제라도 덧셈, 뺄셈, 곱셈, 나눗셈의 사칙연산으로 다 풀어낼 수 있듯이 인생도 마찬가지다.

수학을 처음 시작할 때 배우는 것은 덧셈과 뺄셈인 것처럼 인생 역시 태어나 처음 시작하는 것은 덧셈이다.

하늘이 내려주는 큰 부자를 제외하고 대부분 아무것도 없는 상태에서 하나씩 더하고 채워가기 시작한다.

스스로를 돌아보며 부족한 것을 찾아 계속해서 더하고 채워가며 일정 기간 동안 나를 성장시키고 발전시킨다.

하지만 인생이란 낯선 길을 가며 덧셈만을 고집하다 보면 때로는 부작용을 만난다.

그 해독제가 뺄셈이다.

살다 보면 나누어야 하는 순간이 오고, 버려야 하는 순간이 오고, 또 빼앗기는 순간이 찾아온다.

뺄셈의 미학은 조건 없이 버리고 내려놓는 것이다. 그래야 편해진다.

버려야 할 것을 버리지 못하고 내려놓아야 할 것을 내려놓지 못하면 고통이 찾아오고, 그것은 삶의 암 덩어리가 되어 결국 치명적인 병에 걸린다.

욕망의 병, 허영의 병에 시달려야 한다.

적당히 비우고 버려야 몸도 마음도 편안해진다.

수학이 주는 지혜는 복잡하고 어려운 것이 아니라 의외로 쉽고 간단하다.

사칙연산만 잘해도 인생은 행복해질 수 있다는 단순한 진리 앞에 오늘

내 삶 속에 더하고 뺄 것이 무엇인지를 생각해본다.

삶에 대한 집착을 놓아버릴 때 버림의 미학을 깨닫게 된다.

누구나 벼랑 끝이나 생사의 기로에 서면 욕심을 내려놓는다. 그리고 가장 소박한 사람으로 변한다.

나 역시 배고픔으로 벼랑 끝에 서보니, 그토록 소중히 여기고 집착했던 것들이 부질없다는 것을 느꼈으니까.

욕심을 버리니 스쳐가는 바람에도 고마움을 느끼고, 길가에 피어난 이름 모를 꽃도 귀하게 느껴졌으니까.

집착을 버리니 기다림도 그리움이 되더라.

아마도 이것이 버림의 미학이 아닐까.

'모던 타임즈'의 찰리 채플린은 인생을 "가까이서 보면 비극이지만 멀리서 보면 희극이다"라고 말했다.

지나친 욕심과 집착을 버리고 내가 속해 있는 사회, 직장이라는 프레임 안에서 내가 잘할 수 있는 일을 찾아서 즐기며 살아간다면 행복해질 수 있다는 말이다.

문제는 버리면 행복해진다는 것을 알면서도, 감히 버림을 실천하지 못해 불행과 마주친다는 것이다.

법정 스님의 말처럼 소유보다 무소유가, 기억보다 망각이 더 큰 행복을 준다는 것을 알고 있을 것이다.

그러나 우리는 더 많은 것을 소유하고 더 많은 것을 기억하기 위해 목숨을 걸기도 한다.

결국 덧셈의 노예가 되어 한평생을 마감하기도 한다.

나눔은 버림의 미학이다.

그래서 종교에서도 자기를 버리라고 가르친다.

나를 생각하는 마음 반, 남을 생각하는 마음 반이 되어야 인간이 되고,

나를 생각하는 마음이 40퍼센트, 남을 생각하는 마음이 60퍼센트면 천

사이고, 반대로 나를 생각하는 마음 60퍼센트, 남을 생각하는 마음이

40퍼센트면 짐승이라고 한다.

결국 행복하게 살아가려면 버림의 미학을 실천해야 한다.

버림이 행복한 삶의 완성이다.

내버려 두자

♣

삶을 끝낸 꽃은 바람따라 흙 속으로 스며들듯이, 오래도록 내 곁에 머물던 낯익은 눈빛과 손짓도 흩어졌다 모이기를 반복한다.

나 떠나면 그만일 것을.

그럼 내 몸도 그 어느 날 바람따라 강물따라 먼지 되어 자연으로 돌아갈 텐데.

적당히 웃고 적당히 울고 그리우면 그리운 대로, 아프면 아픈 대로 내버려 두다 보면 다들 제 위치를 찾을 테니까.

내버려 두자. 그냥.

있는 그대로 바라보자. 모든 것을.

그게 세상을 이해하고 사랑하는 법일 테니까.

삶의
바깥인 날

✿

유월의 더위에도 추위를 느낀다.

여전히 삶의 바깥이라는 것을 알게 된다.

그리움도, 기다림도, 심지어 생활마저도 바깥이었으니까.

그래서 사랑의 감기처럼, 생활의 감기도 내 곁에 오래도록 머물고 있다.

따뜻한 차 한잔으로 한기를 잊기 위해 커피를 마시기로 했다.

싱거운 원두커피 대신 인스턴트 봉지커피를 마시기 위해 스텐 주전자에 물을 끓인다.

익숙한 배율로 커피 한 스푼에 설탕, 프림 두 스푼을 넣어 진하고 달콤하게 탔다.

한 시간 동안 한 잔의 커피를 마시는 동안 많은 사람이 다녀갔다.

아프면 약을 꼭 사 먹으라는 걱정 어린 어머니의 얼굴도, 힘들 때마다 곁에서 토닥여주며 힘내라고 말하는 먼 곳에 있는 사랑하는 사람도, 주말에 시간 내서 밥 한번 먹자는 여고 동창생까지 조금 전에 다녀갔다.

오래전 담양의 메타세콰이어 길을 걸을 때가 생각이 난다.

심하게 바람 부는 날 우수수 떨어지는 붉은 갈색 메타세콰이어 바늘이 땅에 떨어지는 것을 보고 허무하다는 생각에 눈물을 흘린 적이 있다.

칼 끝에 베이지 않아도, 떨어지는 빗방울 소리에도 아프고 눈물 나는 날이 많다는 것이 이제는 진리처럼 느껴진다.

오늘은 이유 없이 눈물이 나고 슬픔이 나를 찾았다.

영화 '안나 카레니나'에 나오는 마성의 매력을 가진 배우 주드 로도, 영혼을 힐링해주는 쇼팽도, 삶의 도전을 알려주는 니체도 나를 위로하지 못하는 그런 날이다.

방향을 알려주는 네비게이션도 작동되지 않는 날이다.

일 년에 몇 번 생리 주기처럼 예고 없이 찾아오는, 살아도 살아 있지 않은 저기압의 날이다.

창밖을 내다보아도 아픈 풍경이 여름 햇살을 삼킬 뿐 전혀 위로가 되지 않는다.

눈만 깜빡이며, 커피만 들이키며 아픈 파문이 떠나가길 조용히 기다릴 뿐이다.

삶의 바깥이라고 느껴지는 그런 날이 나에게도 있다.

삶이
헐겁게 느껴질 때

❀

누가 알까.

내 안에 감춰진 어둠의 무게를……

살기 위해 기도라기보다는 아우성에 가까운 절박함이 나에게도 있다.

고단한 삶의 주름을 펴고 싶다.

할 수만 있다면 흐르는 물에 해묵은 고통도 비벼 씻고 싶다.

그래서 어제보다 오늘, 오늘보다 내일 단단하고 든든한 나로 살고 싶다.

치열하게 살았건만 어떻게 더 치열하게 살아야 막혔던 숨이 뚫리고 가슴속까지 환해지는, 하늘을 품은 듯한 그런 날을 만날까.

내 의지대로, 내 뜻대로 생각하고 실천하고 꿈을 이루는 그런 날이 올까. 나에게도……

삶이 헐겁게 느껴질 때마다 바다를 찾아 하늘을 바라보며 답을 구한다.

그냥
눈물이 나는 날

❀

모든 것을 내려놓고 멈추고 싶었다.

나약해지지 않기 위해, 나에게 지지 않기 위해, 온종일 아픈 몸으로 기도했다.

어지러운 마음에 안정을 찾을 수 있도록.

잠시 흔들리더라도 뿌리는 흔들리지 않도록.

몸은 아프더라도 영혼까지 아프지 않도록.

혼돈의 세상에 꿋꿋이 나를 지킬 수 있도록.

스물네 시간 묵상기도默想祈禱를 했는데……. 고맙게도 다시 평온을 찾았다.

그래, 사는 거야.

예정된 시간까지 한나절 햇살처럼 눈부시도록 즐겁게 사는 거야.

아멘.

악착같이
잡아야 돼

♣

놓치지 않기 위해…….

이루기 위해…….

꼭 잡아야 한다.

그렇지 않으면 날아가버리는 것이 꿈이니까.

잡기 위해, 내 곁에 머무르게 하기 위해 습관처럼 떠올리며 쫓아가야

한다.

꿈속에서조차도 놓치지 말아야 한다.

내 꿈이 이루어지도록 하려면.

단순하게
그리고 느리게 살자

❀

매운 세상, 어찌 바람 앞에 흔들림 없이 중심을 잡기가 쉬운 일인가.

때로는 온몸으로 바람을 맞으며 상처를 입기도 하고, 때로는 바람막이

로 바람을 피하며 살아야 한다.

곧 바람이 지나고 나면 평온이 찾아오니까.

가벼운 것도 뿌리는 무거운 법,

무거운 삶에서 벗어나 새털처럼 가벼운 삶도 만날 테니까.

바람도, 삶의 무게도 웃으며 맞자.

그것도 잘 살기 위한 과정일 테니까.

삶의 공식도 생각하기에 따라 간단한 법,

고차방정식 풀 듯 복잡하게 이끌지 말자.

삶, 단순하게 생각하고 느리게 행동하면 그 안에 답이 있을 거야.

단순하게…… 그리고 느리게 살자.

보이는 진실도 있지만
보이지 않는 진실도 있다

❀

시간의 태엽을 벗어난 그리움이 있다.

1년 전, 10년 전, 20년 전의 기억들이 현실처럼 생생하게 떠오를 때가 있다.

산다는 것은 나를 포함한 주변의 수고로움일 것이다.

바쁜 일상에 떠밀려 살다가 문득 멈춰 서면 떠오르는 것이 있다.

가벼운 것들은 위로 올라가고 무거운 것들은 아래로 둥지를 트니 세상이 조화롭다는 생각이 든다.

'내가 누구일까, 어디에서 와서 어디로 가는 걸까'의 질문이 나를 다그친다.

보이는 것만 진실이라고 믿고 살아온 나에게 오늘은 보이지 않는 진실을 향해 정중히 무릎을 꿇었다.

의도적이든 그렇지 않든 지나친 것들에 대한 사죄랄까.

흔적도 없는 그 많은 지나쳐버린 진실에 대해 사죄하는 시간을 가졌다.

미안하다고, 그리고 앞으로는 아무리 사소한 것이라도 생각 없이 지나치지 않겠노라고 맹세도 했다.

나이가 들면서 보이는 진실보다 보이지 않는 진실에 더 마음이 간다는 것을…….

그들이 삶의 굴곡을 버티며 지금까지 나를 이만큼 살게 해준 보이지 않는 힘이라는 것을…….

시간의 그물을 벗어난 채 살고 있는 태안의 이름 모를 섬이 나에게 나지막이 조언한다.

보이는 진실뿐만 아니라 보이지 않는 진실을 마음으로 껴안으라고.

내 앞에 멈춘 것들을
사랑하며 살자

♣

떠나는 것을 잡으려 하지 말자.

그리운 것에 목숨 걸지도 말자.

그것이 사랑이든, 욕망이든, 물질이든,

흐르는 시간 속에 묻어두자.

지금 내 앞에 멈춘 것들을 죽도록 사랑하며 살자.

오랜 시간이 흘러 그때도 그들이 못 견디게 그리우면,

그때 열어보자.

아마도 떠난 것들, 그리운 것들이

순서대로 서서 나를 반겨주리니.

그때까지 미치도록 그리워도 시간 속에 묻어두고

지금 내 앞에 멈춘 것들을 죽도록 사랑하며 살자.

끝까지
나를 사랑하자

♣

꽃의 향기도 오래 맡으면 처음처럼 강하지 않고 꽃이 시든 후에 향기의
가치를 알듯이, 사랑도 깊어갈수록 처음처럼 강렬하지 않지만 사랑이
떠난 후에 사랑의 가치를 가늠하게 된다.

금방 불붙은 사랑은 금방 식게 마련이다.

사랑도 레몬차처럼 오랜 기다림이 필요하다.

겨울 동안의 모진 추위와 바람을 견뎌내야 봄꽃이 특유의 짙은 향기와
함께 희망을 안겨주듯, 사람도 적당한 고통과 시련을 경험해야 삶이 단
단해지고 삶의 가치를 느끼게 된다.

현명한 삶은 이상과 현실을 적당히 융합하는 것, 적당한 욕심을 가지
는 것.

그것이 만족을 가져다주고, 삶이 흐르는 물처럼 평화롭다.

신발이 너무 예뻐 억지로 신으면 내 발만 아프듯이 나에게 맞지 않는 욕
망과 꿈은 내가 주인이 될 수 없다.

아무리 가지려 해도 언젠가는 나를 떠난다.

인생이 5퍼센트가 고통이고 5퍼센트는 모험이며 나머지 90퍼센트는 무미건조하다 해도, 욕심이 지나치면, 이상이 높으면 삶은 힘들고 고달플 뿐이다.

나에게 맞는 옷과 신발을 신고 입어야 몸이 편안한 것처럼 나에게 맞는 꿈, 욕심, 사랑, 그리고 일을 찾는 것이 보통의 행복을 느끼는 삶이 된다.

인생은 울퉁불퉁 가시밭길이다.

위기를 만날 때, 기회를 찾았을 때, 길을 잃을 때 이정표가 되고 빛이 되는 존재는 나 자신이다.

그 어떤 순간이 오더라도 내 몸과 영혼을 따뜻하게 감싸주는 것, 나를 있는 그대로 사랑하는 것, 그것이 내 삶을 편안하게 여행하는 방법이다.

로마는 하루아침에
이루어지지 않았다

♣

작심삼일作心三日이라는 말이 있다.

영어로는 "Can't keep one's resolutions longer than a few days"라고 표현한다.

새해가 되면 누구나 되풀이하는 결심이다.

기억을 서른 즈음으로 되돌려보면, 책상 앞에 붙여둔 기억이 있다.

'새해에는 이렇게 할 것이다' 라고······.

하지만 일주일도 안 돼 종전으로 되돌아가기 일쑤다.

십 년이 지난 지금 실패의 원인을 분석해보면, 목표가 너무 높았고 현실감이 떨어진 이상적인 꿈이었다.

다시 서른이 된다면 이루고 싶은 목표를 향해 이렇게 하고 싶다.

첫째, 목표 설정은 구체적Specific, 측정가능Measurable, 성취가능Achievable, 현실적Realistic, 시간단위Time-based로 정할 것.

둘째, 성과를 도표화할 것. 매일 일지를 쓰거나keep a journal 냉장고 · 게

시판에 관련 그래프를 붙여놓을 것.

셋째, 끈질겨야 한다. 비록 실천하다가 과거의 나로 돌아갈 수도 있고 실패할지도 모르지만 포기하지 말고 나갈 것.

넷째, 과정과 결과에 대해서는 채찍 아닌 당근으로 보상해야 한다. 실패를 자책하지 말고, 긍정적인 면에 초점을 맞춰 스스로 동기를 유발할 것.

생각해보면 나의 서른, 어영부영 보내지 않았다.

교사 생활하며 학생들과 함께 꿈을 향해 전진하며 치열하게 살았다.

하지만 치열하게 산다고 해서 결과가 좋은 것은 아니다.

교사 생활을 포기한 것은 나에게는 또 다른 꿈을 향한 도전이었다.

나에게 그때 그 시간이 없었다면 현재의 나도 없을 테니까.

프랑스 속담에 "로마는 하루아침에 이루어지지 않았다Rome was not built in a day"란 말이 있다.

로마 제국이 세계를 지배하던 시절에 로마는 세계의 중심이었다.

그 당시 로마의 법과 생각은 로마의 지배를 받던 세계에 영향을 미쳤고, 변방의 모든 나라는 로마의 모든 것을 따랐다.

어떤 일이든 로마가 중심이라는 말이다.

로마는 하루아침에 이루어지지 않았다.

즉 어떤 위대한 업적은 갑자기 생겨난 것이 아니고, 로마인들의 쉼없는 노력이 하나하나 쌓여서 이루어진 것이다.

끈질긴 노력 끝에 아름다운 결과가 나온다는 말이다.

시간은 누구에게나 공평하다.

비록 공짜이지만, 소유할 수도 없지만, 사용하는 방법에 따라 주인이 되고 노예가 된다.

또 사용 결과에 따라 혹독한 대가를 지불해야 한다.

돈은 잃어버리면 다시 벌 수 있지만 잃어버린 시간은 찾을 수도, 살 수도 없다. 그래서 인생이라는 여행을 하는 데 가장 잔인하고도 무서운 선생님이 시간이다.

시간은 사용한 지 한참이 흐른 후에야 사용한 대가를 지불하거나 받는다.

내가 잘 사용했으면 큰 보상이 나에게 찾아오고, 내가 사용을 잘못 했으면 엄청난 수고나 고통의 대가를 받게 된다.

대여받은
인생이다

❀

이 세상에 온전한 내 것은 영혼뿐이다.

때로는 그 영혼조차도 내 맘대로 할 수가 없다.

내 몸, 내가 가진 지위, 재능, 재산, 모두 잠시 빌렸을 뿐이다.

태어남도 죽음도 내 뜻대로 되지 않는다.

예정된 시간에 이 세상 머물다가 또 예정된 시간이 오면 다 그대로 두고

떠나야 한다.

결국 온전한 내 것은 아무것도 없다.

나의 주인도 내가 아니라는 것,

언젠가는 한 줌 먼지로 돌아가야 한다.

가난한 사람도, 부유한 사람도 삶과 죽음은 내 뜻대로 할 수가 없다.

그래서 인생은 공평한 것이다.

정글 법칙의
세상에 살고 있지만

♣

한낱 지푸라기도 많이 모이면 코끼리를 묶을 수 있다는 말이 있다.

함께 힘을 모으면 못 이룰 것이 없다는 말이다.

동물이든 인간이든 세상은 정글의 법칙에 의해 움직이는 전쟁터다.

어느 곳이든 강자가 있으면 약자가 있다.

사회적 지위, 부富, 기회를 잡기 위해 치열하게 경쟁하며 먹고 먹힌다.

이기적인 목적을 추구하면서도 때로는 나눔을 실천해야 한다는 것을 안다. 그래야 내가 힘들 때 누군가가 손을 내밀어주는 것이다.

"인간은 사회적 동물이다"란 소크라테스의 말처럼, 인간은 혼자 살아갈 수가 없는 존재이다.

누군가를 도와주는 행위는 내가 기쁨으로 만족을 느끼는 결과를 안기 때문에 서로가 행복해지는 일이다.

삶의
길섶에 서서

❀

억지로 흐려놓아도 흐르면서 맑아지는 강물처럼, 인생도 시간의 흐름과 함께 처음의 모습으로 돌아간다면 얼마나 좋을까?

삶의 길섶 한가운데 서서 북한강 맑은 강물을 바라보며 더럽혀진 마음을 씻어보고, 따사로운 가을 햇살에 곰팡이 냄새가 지독한 오늘의 일과를 말려본다.

그곳에 가면

♣

사람을 호모 사피엔스Homo sapiens, 생각하는 인간이라 하지 않던가.

마음 따라 몸도 가는 법.

그리움이라니요. 어찌 그리움이 그대로이겠습니까.

내 그리움은 눈물과 함께 슬픔의 통로를 지나 이별의 정거장을 막 통과
했습니다.

아마도 그곳에 가면 누군가가 남긴 수직의 파문으로 통증을 호소하는
사람이 있습니다.

오래도록 사랑증후군으로 가슴의 일부가 붉어져버린 그런 사람이 있습
니다.

심장이 핏빛으로 물들어버린 사람이 있습니다.

사랑의 보헤미안이 되어 오도 가도 못한 채 길 한가운데 서 있는 사람이
있습니다.

그곳에 가면…….

❀

가슴 아픈 추억만을 안고 살아가기에는 너무나 억울한 인생이다.

얼마나 그리웠으면 바위틈에 홀로 핀 해국海菊이 되었을까.

어디론가 떠나고 싶은 마음 바위 끝에 애써 묶어놓는다.

쓰러질 듯, 꺾일 듯 아슬한 자태.

그대 이름은 해국.

얼마나 그리웠으면 보랏빛의 해국으로 피었을까.

욕망의 끝

❀

비웠다 싶으면 어느새 채워지는 그리움,

갖지 말아야 할 것을 갈구하는 잔혹한 사랑,

한 번쯤 꿈꾸었을 그 지독한 사랑의 한가운데 여전히 서 있다.

내 안에 흐르는 간절한 욕망 하나.

그 소리에 귀 기울이면 머리에서 발끝으로 전신에 퍼진다.

눈, 코, 입을 거쳐 심장까지 붉게 물들인다.

그 끝은 무엇과 맞닿을까.

함께하는 융합의 섬일까. 홀로될 고독의 섬일까.

기쁨일까. 아픔일까.

하나일까. 둘일까.

두렵지만 궁금하다.

이 욕망의 끝이…….

'힘내'라는
응원 선물을 받는 곳

❀

'왜 이렇게 힘들까' 할 때 습관처럼 떠오르는 장소가 있다.

하얀 거품이 출렁이는 초록의 화진포 바닷가.

힘들 때마다, 그래서 울고 싶을 때마다 찾아가도 한결같이 넓은 품을 내

어주며 '힘내'라고 응원한다.

희망의 선물을 받는 곳,

나에게도 그런 곳이 있다.

여백이 있는 삶이
아름답다

♣

풀리지 않는 삶의 해답을 찾을 때에는 앙상한 겨울나무가 많은 숲을 찾는다.

남산도 좋고 북한산도 좋고 백운산도 좋다. 그저 두 발이 이끄는 대로 따라간다.

걷고 걸으며, 오르고 또 오르며 지나온 길 위에 남긴 내 흔적들을 돌아본다.

푸르던 잎과 아름다운 꽃이 다 떨어져나가고 수액까지 빠져나가 말라비틀어진 앙상한 겨울나무에서 무소유의 지혜를 얻는다.

다 털어내고 빈 상태에서 혹독한 추위를 견뎌서 살아내야 푸르른 잎과 오색찬란한 색의 꽃을 피우는 봄을 맞는다.

사람도 마찬가지다.

무엇이 되기 위해서는 추위도 더위도 온몸으로 견뎌내야 내가 원하는 성공의 열매와 행복의 꽃을 피울 수가 있다.

버리고 비울수록 다시 채울 여백이 많아지는 법이다.

겨울나무처럼 마음을 비우고 욕망을 줄이며 살아야 삶도 여유가 있고 넉넉해진다.

다시 무언가를 채우기 위해 숨고르기를 하는 겨울 숲에서 깊은 깨달음을 얻는다.

조금씩 비워 적당한 여백이 있는 삶, 한 템포 느리지만 여유가 생기는 것, 그것이 행복한 인생이 아닐까.

나를
살게 하는 것들

♣

나를 향한 아우성들이 나를 살게 한다.

나와 반대되는 생각을 가진 사람, 나와 같은 생각을 가진 사람,

나를 사랑하는 사람, 나를 사랑하지 않는 사람,

아침마다 떠오르는 태양, 달빛에 숨죽이는 바람소리,

나에게 희망을 주던 시리우스까지, 그 모두에게서 나오는 절규와 같은

외침이 나를 살게 한다.

나를 더 많이
사랑하고 행복해지는 법

♣

하고 싶은 일에 미칠 것.

일주일에 한 번 나에게 장미 꽃다발을 선물할 것.

한 달에 한 번 내가 좋아하는 재즈바에서 나를 위한 사랑의 찬가를 부를 것.

한 달에 한 번 나를 위한 여행을 떠날 것.

자신감, 확신을 갖고 살기 위해 자기계발에 필요한 책을 보고 예술 관람을 실천할 것.

소득의 10퍼센트는 반드시 기부할 것.

하루에 한 시간 건강을 위해 걷거나 운동할 것.

위기,
기회의 순간

♣

죽도록 노력해도 안 되는 일이 있을 때, 그래서 내가 무능하다고 느낄
만큼 내가 싫어질 때.
술을 아무리 마셔도 취하지도 않고 가족, 동료, 친구 누구의 도움으로도
해결이 안 될 때.
그래서 세상이 나를 버렸다는 생각이 들어 감출 수 없는 울음이 터져나
올 때.
그래서 죽고 싶을 만큼 고통스러울 때.
벼랑 끝의 삶이 나에게 왔다고 생각될 때.
그래서 마지막으로 신을 찾으며 울부짖을 때.
그때가 위기이고 기회의 순간이다.

무서운 덫, 트라우마
How to overcome trauma

❀

살아 있는 사람이라면 누구나 삶의 트라우마trauma(외상 후 스트레스 장애)
가 있다.

학창시절에 친구에게 굴욕당한 상처부터, 직장동료의 왕따, 그리고 가
족의 죽음까지, 작은 일상에서 트라우마를 만난다.

나에게 닥친 고통스런 삶의 변화는 자아분열을 일으켜 가해자에 대한
분노와 원망이 커져 극한 상황을 만나기도 한다.

'내가 그 직장에 들어가지 않았더라면', '내가 그 학교에 가지 않았더라
면', '내가 그를 만나지 않았더라면' 하고 자책하며 후회하기도 한다.

하지만 내게 찾아오는 트라우마는 내가 선택할 수 없는 영역의 것이 대
부분이다. 마치 운명처럼 만나는 것들이다.

나도 한때 직장생활에서 말없고 소심하고 조용한 성격 때문에 왕따를
당한 경험이 있고, 결국 내가 못 견뎌 직장을 옮겼지만 트라우마의 경험
은 나를 포함한 세상을 부정하고 자신감을 잃게 하여, 심하면 한순간 나

를 파멸로 이끌기도 한다.

인간의 삶 속에 숨어 있는 무서운 덫이 트라우마일 것이다.

어쩌면 트라우마는 죽을 때까지 따라다니며 나를 괴롭히는, 내가 극복해야 할 최대의 불치병인지도 모른다.

트라우마를 해결하려면, 가까운 가족일수록 고통을 이해하고 분담하는 노력을 해야 한다.

특히 무심코 내뱉는 상처 주는 말과 행동을 조심해야 한다.

스스로도 자신의 입장을 제대로 알고 이해하고 긍정적으로 받아들이는 것이 진정한 치유healing의 시작이다.

힘들수록 내 안의 소리에 귀 기울이면 점차 밖의 소리도 귀담아듣게 된다.

부정적으로 저장된 기억 시스템도 나의 긍정의 생각과 주위의 따뜻한 시선으로 긍정적으로 변화하면서 새로운 기억 시스템으로 저장이 된다.

결국 트라우마의 극복은 나와 주위의 힘이 하나가 되어야 한다.

트라우마의 가장 큰 원인은 나 자신의 소통의 부재에서 시작된다.

폐쇄적인 일상에서 벗어나 건전한 만남으로 긍정적인 사고와 긍정적인 행동 그리고 원만한 대인관계만이 삶의 트라우마를 극복할 수 있다.

삶의 단면은
오르막과 내리막

❀

오를 때에는 최고 높은 곳만 바라보며 올랐는데…….

내려올 때는 왜 그리 더디 가게 되는지…….

올라갈 때 보이지 않던 것들이 내려올 때에는 아픈 것들 전부가 눈 안에
들어온다.

산을 내려갈 때에, 삶의 정상을 내려갈 때에는 아픈 것들만, 나약한 것
들만 눈 안에 들어온다.

지는 해, 추락하는 꽃, 그리고 나이 든 사람들이 눈 안에 밟힌다.

올라갈 때는 즐거움으로, 설렘으로 가득했는데 내려올 때에는 아픔 그
리고 눈 언저리에 눈물이 맺힌다.

산의 정상을 올라가고 다시 내려오는 것, 그것이 삶의 단면이 아닐까.

생각의 전환

❀

상식적으로 생각할 때 부자와 가난한 사람의 차이는, 한 사람은 부지런하고 또 한 사람은 게으른 것이다.

물론 그렇지 않은 경우도 있지만 원칙적으로 살아간다면 그게 맞는 말이다.

마찬가지로 자신이 불행하다고 생각하는 사람은 매사 부정적이고 세상이 나를 버렸다고 생각한다.

자신이 행복하다고 생각하는 사람은 생각하는 것이 긍정적이고 작은 것에도 만족하는 사람이다.

그릇에 같은 양의 물이 있어도 한 사람은 "반이나 있구나"라고 말하는 반면에 다른 한 사람은 "반밖에 없네"라고 말한다.

똑같은 물의 양을 보고도 한 사람은 긍정적인 마음으로, 다른 한 사람은 부정적인 마음으로 본다. 생각의 차이가 엄청 크다.

아마도 내가 현재 불행하다고 느껴진다면 내 삶의 방향이나 목적의식이 오류가 많다는 것이다.

스스로 '나는 누구인가, 그리고 무엇을 하며 어떻게 살아야 하는가'에 대해 수시로 질문하고 '내가 할 수 있는가'에 대해 확신을 가지고 도전해야 한다.

삶의 방향이 잘못됐다면 처음부터 다시 시작하더라도 수정해야 한다.

그리고 자신감을 가지고 최선을 다하고 난 후 그 뒤에는 하늘의 뜻에 맡기는 것이다.

그것만이 불행에서 벗어나는 유일한 길이다.

카르페 디엠

♣

영화를 다시보기 하듯 음악을 다시듣기 하듯 이미 지나간 삶을 되돌려 다시 살 수는 없지만, 지나간 삶을 돌이키며 반성하며 아픔의 상처는 더 이상 덧나지 않게 다독이고, 행복한 순간은 오래오래 기억할 수 있도록 마음 중심부에 영구저장하며 오늘부터의 삶을 다시 새롭게 시작하면 더 이상 후회하지 않는 삶으로 이끌 수가 있다.

오늘의 삶도 미래 어느 날에는 과거의 삶이 되어 평가가 이루어지니까.

더 이상 흔들리지 말고 방황하지 말고 후회의 늪에서 허우적대지 않기 위해서는, 카르페 디엠Carpe diem, 현재를 잡아라Seize the day.

미치도록 현재를 즐기자.

네 가지의
질문

❉

내가 걷고 있는 삶이, 나의 길이 맞는지 아니면 남의 길을 걷고 있는지
확인하고 싶을 때는······.

'나는 누구인가. 지금 무엇을 하고 있는가. 내가 좋아하는 일인가. 어디
로 가야 하는가.' 이 네 가지를, 삶의 의문이 들 때마다 끊임없이 묻고
대답하면 정답이 나온다.

타인에게 물어도, 신에게 물어도, 부모에게 물어도 정답은 없다.
내 삶의 정답은 내가 가야 하는 길이기에, 나만 알고 있다.

성공은
성적순이다?

♣

가수 비가 이런 말을 했다.

"지금 자면 꿈을 꿀 것이고, 안 자고 노력하면 꿈을 이룰 것이다."

학창시절 배운 대로 하면 행복은 성적순이 아니라고 하지만, 사람들이
시험에 목숨을 거는 것을 보면 성공은 성적순일 때가 많다는 것.

시인 〈김정한〉이
존재하는 이유

❀

나에게는 정성껏 연필을 깎아주시던 정직한 아버지가 있었다.

나에게는 붉은 립스틱을 바르고, 출근하시는 아버지에게 〈잘 다녀오세
요〉라며 인사하시던 어머니가 있었다.

나에게는 검은 교복을 입고 책가방 들고 학교 가는, 공부 잘하는 오빠가
있었다.

나에게는 유치원 교복을 입고 아장아장 걸어가는, 귀여운 동생이 있었다.

세상에서 가장 든든한 가족이 있기에,

오늘의 〈김정한〉이라는 시인이 존재하는 이유일 것이다.

인생은
섬이다

❀

흐릿해서 더욱 사무치게 그리운 스무 살의 꿈은 이제는 함부로 꿈꿀 수도 없는 아픈 방랑으로 남았다.

아침 햇살처럼 순수하고 깨끗했던 때 묻지 않은 스무 살의 발자국이 기억에서 까맣게 지워진 후에야, 두 번 다시 만날 수 없는 추억이라는 것을 알았다.

지나간 추억은 그렇게 바닷가 모래알처럼 함께하는 듯하면서도 따로인 섬이었다.

나의 스무 살, 나의 서른 살, 나의 마흔 살이 바닷가의 섬처럼 따로 서 있다.

내가 삶이라고, 인생이라고 부르는 그것이 시간 차만 있을 뿐, 같은 듯 다른 모습으로 서 있다.

다시 찾아올 쉰 살의 섬이 멀지 않은 곳에서 나를 기다리며 우두커니 서 있다.

그녀에게 사랑이 찾아오다

우연이라는 이름으로
당신을 알았고
인연이라는 이름으로
당신을 만났습니다.
사랑이라는 이름으로
내 안의 주인이 된 당신
당신의 이름이 새겨진 문패를
내 안에 달고야 말았습니다.

Chapter 5

사랑의 운명은
서로 다른 새끼발가락에 보이지 않는 끈이 묶어져 있는 것.
끌어당기듯 미친 듯이 서로에게 다가가다가도
또 제자리에 돌아오기를 반복하는 것.
달아나고 싶어도 내 맘대로 안 되는 이유는,
보이지 않는 끈이 서로의 새끼발가락을 묶고 있기 때문.

붉은 신호등

사랑이 무얼까?

길을 가다가 돌부리에 걸려 넘어지거나 차를 운전하다가 논두렁에 처박히는 것처럼, 한순간 아주 우연히 나를 멈추게 하고 거침없이 혼란에 빠뜨리는 것이 아닐까.

사랑은 하면 할수록 더 많이 아프고, 고통스럽고, 집착이 강해진다.

내가 더 많이 사랑하게 될까 봐, 하늘도 시기해서 사랑을 갈라놓을까 봐 늘 애태운다.

사랑한다는 것은 나의 일부를 발가벗는 일이고, 그의 전부를 발가벗기는 일이다.

토마스 만의 말처럼 "더 많이 사랑하는 사람이 지는 법"이라는 말이 나에게는 진리가 되지 않게끔 하기 위해, 나보다 그를 더 많이 사랑하지 않기 위해, 그래서 더 많이 빼앗기지 않기 위해 치열하게 사랑하는지도 모른다.

하지만 사랑이라는 그물이 나를 덮치는 순간, 그 망 속에서 오래도록 허우적거리다가 근육에 힘이 풀려야 치열했던 사랑도 시간의 흐름에 순응해간다.

사랑하는 사람이 쳐놓은 그물에 갇혀 빙글빙글 춤추며 기쁨, 슬픔, 아픔, 분노를 다 경험하면 그물이 찢겨져 다시 제정신으로 돌아온다.

수백 번의 카타르시스를 체험하면 사랑도 예정된 수순에 따라 중심을 향해 빙글빙글 춤추던 것을 멈추고 다른 곳으로 이동하는 것이다.

사랑은 움직이지만 정지되는 한순간이 나에게 이별을 알리고 떠나는 붉은 신호등이 된다.

사랑은
천국과 지옥을 오간다

♀

이별이 아픈 이유는 이별하고 난 후에 그 사람의 가치가 판명되기 때문이다.

아무리 오래도록 만났다 해도 헤어지고 난 후에 그와의 추억이 그립지 않다면, 흐르는 강물처럼 스침의 인연으로 서서히 잊히고 지워진다.

하지만 지독한 사랑은 잊으려 할수록, 지우려 할수록 더 사무치게 그립다.

치명적인 사랑은 심장 속에 문신처럼 새겨져 잊히지도, 지워지지도 않는다.

함께 간 곳을 지날 때마다, 함께 들은 음악이 스피커를 통해 흘러나올 때마다, 함께 본 영화가 공중파로 방영될 때마다, 미치도록 떠오르는 사람이 있다면 그는 사랑하는 사람이다.

사랑은 함께할 때에는 그 소중한 가치를 모른다.

떠나고 난 후에야 그 사람이 소중했고 가치 있는 존재임을 느낀다.

이토록 아름다운 세상에 사랑하는 사람을 다시 만난다면 어떻게 할까?

분명 다시 만날 확률은 없겠지만, 사랑했다면 그리고 여전히 그립다면 우연이라도 만나고 싶은 욕망을 가진다.

지극히 이성적이지만 때로는 감정에 휘둘리다가, 쓰러지기도 하다가 다시 중심을 잡는 존재가 사람이다.

사랑은 깊어갈수록, 지독하게 사랑할수록 더 외롭고 고독해진다.

사랑은 고독의 병이다.

사랑할수록 더 많은 상처를 받지만 사랑으로 치유되는 것이 인간의 사랑이다.

운명 같은 잔혹한 사랑이 나를 덮치는 순간이 지옥이고 또 천국이다.

그대가 그립다

〈가장〉이라는 부사와
〈멋진〉이라는
형용사가 어울리는 사람은
내 가슴에 담은, 내가 바라보는
그대라는 단 한 사람
지금, 그대가 그립다.

사랑의 서시

나, 사랑을 다해 사랑하며 살다가 내가 눈 감을 때 가슴에 담아 가고 싶은 사람은 지금 내가 사랑하는 당신입니다.

시간이 흘러 당신 이름이 낡아지고 빛이 바랜다 하여도 사랑하는 내 맘은 언제나 늘 푸르게 은은한 향내 풍기며 꽃처럼 피어날 것입니다.

시간의 흐름에 당신 이마에 주름이 지고 머리에는 살포시 흰 눈이 내린다 해도, 먼 훗날 굽이굽이 세월이 흘러 아무것도 가진 것 없는 몸 하나로 내게 온다 하여도, 나는 당신을 사랑할 것입니다.

사랑은 사람의 얼굴을 들여다보며 사랑하는 것이 아니라 그 사람 마음을, 그 사람 영혼을 사랑하는 것이기 때문입니다.

주름지고 나이를 먹는다 해서 사랑의 가치가 떨어지는 것은 아니기 때문입니다.

만일, 나 다시 태어난다 해도 지금의 당신을 사랑할 것입니다.

세월의 흐름 속에서도 변하지 않고 가슴에 묻어둔 당신 영혼과 이름

석 자.

그리고 당신의 향기로 언제나 옆에서 변함없이 당신 하나만 바라보며
살겠습니다.

살아서도 죽어서도 내가 사랑하는 사람은 단 하나.

부르고 싶은 이름도 지금 내 가슴속에 있는 당신 이름입니다.

당신을 사랑했고 앞으로도 당신을 영원히 사랑할 것입니다.

사랑도
운명이다 1

숱한 우연을 만나고 우연이 필연으로 만남을 갖는 것,

그것이 인연이고, 인연의 끈이 아프도록 오래간다면 그건 운명이다.

사랑의 운명은 서로 다른 새끼발가락에 보이지 않는 끈이 묶어져 있는 것.

끌어당기듯 미친 듯이 서로에게 다가가다가도 또 제자리에 돌아오기를 반복하는 것.

달아나고 싶어도 내 맘대로 안 되는 이유는, 보이지 않는 끈이 서로의 새끼발가락을 묶고 있기 때문.

운명 같은 사랑은 평생에 단 한 번뿐이다.

그것이 이루어지든, 이루어지지 않든.

사랑도
운명이다 2

🙎

사랑은 우연이 아니다.

전생에 수천 번을 만나야 이생에서 한 번을 만나는 인연이니까.

비록 만나기 위해 먼 길을 돌아왔지만,

그래서 많이 힘들고 지쳤겠지만,

그 또한 서로를 만나기 위한 과정이다.

고통, 외로움, 아픔, 기다림이 없는 사랑은 스치고 지나가는 우연일 뿐
이다.

사랑도
지나간다

새와 물고기는 전혀 다른 세상에 사는 것처럼,

한 사람을 만나 사랑하는 데는 이유가 없고,

그 많은 사람 중에 유독 그가 내 안에 들어오는 것은 예정된 만남이고

인연이라는 것.

인연의 기간이 얼마나 오래가느냐는 아무도 모른다.

오로지 신만 알 뿐이다.

하지만 사랑에 빠지는 순간, 영원할 것처럼 다른 세상의 사람이 되어 사

랑에 올인한다.

예정된 시간이 오면 이별을 해야 한다.

삶이 영원하지 않듯이, 사랑도 곧 지나간다.

과거는

과거는 언제나 수많은 만약 If only 을 남긴다.

'태어나지 않았더라면' 부터,

'그런 직장에 들어가지 않았더라면',

'그런 사람을 만났더라면',

그리고 '다시 태어난다면' 까지.

과거는 사람을 '만약' 이라는 후회의 그림자 안에 머물게 한다.

요람에서 무덤까지.

차라리
달이 되어

내가 그대의 하늘, 그대의 바다가 될 수 없다면

차라리 밤에 뜨는 달이 되어

아무도 몰래 달빛으로 그대의 뺨에, 그대의 입술에 키스하리라.

신만이 안다

삶이 나를 아프게 하는지
내가 삶을 아프게 하는지 너도 나도 모른다.
단지 신만이 알 뿐이다.

최고의 사랑

지금 내 곁에 있는 내가 사랑하는 사람이 나에게 하는 모든 행동을 소중
히 여기며, 진심으로 사랑할 때, 사랑의 가치는 최고의 빛을 뿜는다.
최고의 사랑은 마지막 사랑이라 생각하고 정성을 다해 사랑하는 것이다.

문패

우연이라는 이름으로 당신을 알았고
인연이라는 이름으로 당신을 만났습니다.
사랑이라는 이름으로 내 안의 주인이 된 당신
당신의 이름이 새겨진 문패를 내 안에 달고야 말았습니다.

타들어가는
우주

♦

어쩌자고 이토록 사무치게 그리운 걸까.

여전히 치열하게 불붙고 있는 이 그리움을 어찌할까.

심장에 새겨진 아물지 않은 붉은 흉터 끌어안으며 울고 있다.

허락받지 않고 그리워한 죄,

지는 석양 앞에 무릎 꿇고 끝없이 용서를 빈다.

타들어가는 목마름을 끌어안고 그리움을 애써 묶어두지만

한쪽으로만 기울어지며 붉어지는 그리움의 우주를 어찌할까.

사랑하는 순간
유토피아에 갇히다

어떤 상처는 통증이 지난 자리에 흔적을 남기지 않고,

또 어떤 상처는 살 속까지 파고들어 깊은 흉터를 남기듯이,

인연에 대한 상처도 마찬가지다.

어떤 인연은 스쳐가는 바람처럼 살갗에 포근히 닿다 흔적 없이 날아가

버리고, 어떤 인연은 심장에 깊이 파고들어 붉은 문신 찍고 오래도록 머

문다.

지독한 인연이 금을 긋고 간 날에는 밑줄친 이름 사이로 비가 내린다.

내 긴 머리칼을 바람에 휘날리며 갓 태어난 핏덩이의 어린 생명을 끌어

안듯, 붉게 물든 심장을 그대에게 맡긴다.

마냥 붉고 비린 맛 아픈 말이 메스 대듯 아프게 한다.

아프도록 지치도록 목놓아 부르던 그 이름 석 자, 결국 심장에 새기고

말았다.

혈관을 타고 흐르는 따뜻한 물줄기 양수가 되고 결국 불멸의 꽃 장미 한

송이 피워낸다.

모든 것의 처음과 끝인 사랑이 길을 만들었다.

그대와 나만이 오가는 유일한 통로.

그 길 위에 그대와 내가 마주 보고 있다.

새로운 그리움의 잉태가 아름다운 세상을 열었다.

파라다이스. 유토피아의 세상.

그대와 내가 머무는 공간이다.

사랑의 시련도
삶의 과정이다

사랑도 삶의 과정인지라 우연이 필연이 되고, 필연이 운명이 된다.

사랑하다 멈추는 것은 진정한 사랑이 아니다.

단지 스침의 인연일 뿐이다.

진정한 사랑은 나에게 찾아온 아픔, 고통과 같은 시련을 이겨내야 한다.

사랑의 시련도 곧 지나가는 삶의 과정일 뿐이다.

너를 기다리는 동안
나는 너에게 가고 있다

❦

기다려본 적이 있는 사람은 안다

세상에서 기다리는 일처럼 가슴 애리는 일 있을까

네가 오기로 한 그 자리, 내가 미리 와 있는 이곳에서

문을 열고 들어오는 모든 사람이

너였다가

너였다가, 너일 것이었다가

다시 문이 닫힌다

사랑하는 이여

오지 않을 너를 기다리며

마침내 나는 너에게 간다

아주 먼 데서 나는 너에게 가고

아주 오랜 세월을 다하여 너는 지금 오고 있다

아주 먼 데서 지금도 천천히 오고 있는 너를

너를 기다리는 동안 나도 가고 있다.

-황지우 '너를 기다리는 동안'

내가 좋아하는 황지우의 시 '너를 기다리는 동안' 중에서 내가 가장 아름답다고 느끼는 부분이다.

이 시를 읽으면 20년 전의 일이 아프게 밀려온다.

누군가를 기다려본 사람은 기다림의 잔혹함과 애착의 의미를 안다.

오래전 교사 생활을 하면서 처음으로 지독한 사랑의 고통을 알려준 사람.

한 장소에서 여섯 시간을 기다렸는데 여섯 시간 만에 나타난 그 사람의 말은 "미안해, 너무 오래 기다리게 해서……."

그 말을 듣는 순간 눈물이 주르르 흘러내렸지만 그가 무사히 와준 것만으로 고마웠고…….

기다림의 결과가 아픔이 아니라 기쁨이어서 고마웠으니까.

여섯 시간을 묵묵히 기다리면서 그를 향한 내 사랑의 가치를 확인할 수 있었고, 늦었지만 나를 만나러 온 그 역시 나를 사랑한다는 확신을 갖게 되었으니까.

여섯 시간 동안 세 잔의 주스를 시켜 먹으며 나에게 오고 있는 그를 마음으로 먼저 만나고 있었으니까.

그래서 기다림이 지치거나 힘들지 않았다.

행여 그가 나에게 오지 않는다 해도 시에 나오는 "오지 않을 너를 기다리며 마침내 나는 너에게 간다"는 문구처럼 그를 기다리면서 마음은 이미 그를 만나러 갔고, 그를 만나 그와 시간을 보내고 있기 때문이다.

여섯 시간을 기다리면서 오로지 그에 대해 생각하고 느끼고 또 기다리고, 그와 나 사이에 내일 벌어질 일까지 상상할 만큼 이미 그는 나에게 왔고 나 역시 그를 만나고 있었으니까.

이유가 있어 오지 못한 그도 나를 생각한다면 사랑하는 마음속으로 나를 영접했을 테니까.

내가 사랑하는 사람에 대한 기다림은 기쁨과 잔혹한 아픔을 함께 만난다.

나를 만나러 오다가 신이 우리 사이를 시기해 '사고 생기지 않을까, 급한 일이 생기지 않을까……' 별의별 생각으로 힘들어지는 것도 기다리는 동안 견뎌내야 할 것들이다.

사랑하는 사람을 기다리는 동안 살갗을 감싸는 사랑의 온도. 바람의 위로.

창문에 부딪치는 빗방울의 느낌까지도 따스함으로 다가오니까.

사랑하는 사람을 기다리는 동안 맛보는 것은 아담과 이브가 무화과를 따서 처음 맛보았을 때 혀끝에 달라붙는 달콤함처럼 반드시 만날 거라는 달콤한 쾌감과, 해와 달의 인연처럼 어긋나 만나지 못할 수도 있으리라는 가장 잔혹한 고통이다.

여하튼 기다림의 순간은 사랑의 묘약과 독약을 함께 맛보는 사랑의 시간이다.

빗방울에
안부를 묻다 1

🖉

비 오는 주말 임원리로 가는 7번 도로를 따라 버려진 곰인형이 지나가는 자동차의 바퀴에 휩쓸려 만신창이가 되어 구르고 있다.

잠시 차를 멈추고 곰인형을 국도 변으로 치워버렸다. 빗물이 차창을 씻어내리고 있다.

흐릿하게 보이는 오렌지 빛 가로등의 불빛이 마지막 숨을 고르듯 가늘게 떨린다.

차 안에서 누군가 선물한 리본 달린 쉬폰케익을 꺼내어 허기를 채운다.

차 안 앞유리에 달려 있는 인디언 인형이 네온사인 불빛에 춤추듯 흔들린다.

비 오는 주말, 세상도 차도 인디언 인형도 춤을 추듯 흔들린다.

나 이렇게 삶의 바깥을 온몸으로 맞으며 길 위에 있다.

마치 해질 무렵 소나무에 걸린 마지막 숨결을 토하며 말없이 붉어지는 석양의 모습이 지금의 나일 거란 생각을 했다.

이제 가야 하는데 세차게 내리는 비가 갈 길을 붙잡는다.

돌아가기에는 너무 멀리 온 것 같다. 나의 사랑처럼……

나보다 먼저 와 서성이던 그리움이 갈 길을 재촉한다.

그 사이 늦게 도착한 내가 뒤따라간다.

다시 하나가 되는 순간까지 시간이 필요했고, 시간은 결국 나와 그리움의 중재자가 된다.

언젠가 누가 건네준 인디언 인형에 뺨을 대본 적이 있다.

마치 그 사람 지문 위에 내 두 뺨을 대듯 기분이 좋아졌다.

이 순간 그때 기억이 생각난 것은 그리움을 여전히 내려놓지 못한 이유이겠지만.

그 사람도 나도 기억을, 나이테를 그때로 돌려봤으면 참 좋겠다.

사랑❀의 지문을 남기지 않은 채 사라진 그 사람,

그 이유를 알게 되었을 때는 돌아갈 수 없을 만큼 너무 멀리 와버렸다.

허공에서 반짝이는 빗방울의 촉촉한 습기에 그리움을 새겨 그 사람 있는 곳으로 날려본다.

사랑해서 미안하지만 '잘 지내냐고' 빗방울에 안부를 묻는다.

그리고 참 그립다고…….

메타세콰이어 길에서
길을 잃다

초록의 옷을 벗고 계절은 붉은 옷을 갈아입기 시작했다.

그대 곁을 지켜가며 턱밑까지 차오르던 가쁜 숨을 뒤로 하고 쉼표의 신 발을 갈아 신는다.

태풍, 폭우가 휩쓸고 간 상처를 다시 사랑이라는 이름으로 덧씌우며 아 픈 잔해를 지워야 한다.

후두둑 입에서 떨어지는 하고 싶은 말도 잠시 미루기로 했다.

마음도 행동도 잠시 쉼표를 날리며 지나온 시간을 반추한다.

수십 번 돌아보며 생각하며 모순된 생각과 어긋난 행동을 반성하고 치 유하는 시간을 갖는다.

과거의 흔적을 지우는 것이 아니라 가슴 깊이 새겨야 더 선명하고 신뢰 가는 발자국을 찍을 수 있을 테니까.

멀리 가기 위해, 높이 날기 위해 에너지를 충전하는 새처럼 쉬면서 멋진 내일을 연출하기 위해 잠시 멈춘다.

오늘은 메타세콰이어 숲에서 아름다운 풍경을 보고 길을 잃어버렸다.

한참을 길을 잃고 헤매다가 코끝에 스며드는 피톤치드 향기에 마음까지 흔들렸다.

잠깐이지만 담양에서 길을 잃은 이 순간이 억울하지가 않다.

수취불명의 누군가에게 그리움의 엽서를 띄우고 싶은 마음이었으니까.

아름다운 풍경을 만나면, 맛있는 음식을 먹으면, 좋은 음악을 들으면, 누군가가 그립다.

아름다운 풍경에는 배후가 있듯이 내 삶의 아름다운 배후에는 늘 한 사람이 있었다.

오늘은 나도 바람이 되어 하염없이 눈 감고 음표를 더듬으며 그 사람을 만나고 싶다.

죄가 되지 않는다면 주어 없는 그리움을 그의 심장에 새기고 바람처럼 사라지리라.

비록 그리움에 무섭게 떨어지는 눈물방울이 나를 힘들게 하여도 모른 듯이 갔다가 모른 듯이 제자리로 돌아오리라.

오늘처럼 그를 만날 거라는 짙은 예감이 드는 날에는 사랑을 앓는 평범한 여인이 되고 싶다.

죄가 되지 않는다면.

그대, 어찌 나보다 더
그리웠겠습니까

♀

어젯밤 내내
가시나무새 되어 울었더니
이.제.서.야 오.셨.군.요.
어려운 발길, 고마워요
어찌
나보다 더 그리웠겠습니까
행여 그대 오실까
앉지도 서지도 못했던 나
그대 고운 발길에
애드벌룬처럼 부풀어 오르는 내 맘
그대는 아실런지요
속눈썹 끝에 매달린 기다림의 눈물들
이제서야 떨어집니다

어찌

나보다 더 그리웠겠습니까

-김정한 '어찌 나보다 더 그리웠겠습니까'

해리성 장애를 앓지 않는다면 한 번쯤 지독한 사랑에 대한 견딜 수 없는 아픈 기억이 있다.

파란만장했던 사랑의 아픈 조각을 한 데 묶어 빨랫줄에 넌다면 아마도 가득 채우리라.

나이가 들수록 아픈 사랑에 대한 기억이 새록새록 떠오른다.

아마도 어떤 기억은 죽기 전까지 처음 형체 그대로 오래도록 나를 아프게 할는지도 모르겠다.

아마도 내 것인 사랑과 내 것이 아닌 사랑을 구분하지 못한 채 나를 찾아온 사랑을 치열하게 사랑한 이유이다.

집착이 애착으로 내 곁에 머물지만 여전히 그 사랑은 때로는 아프게, 때로는 기쁘게 나를 찾는다.

사랑도 사소한 것에 대한 집착을 내려놓는다면 지금보다 더 편안하고 무게도 가벼워질 텐데…….

그것을 내려놓기가 왜 이리 힘든지.

꿈속까지 찾아드는 아픈 방랑에 휘청거리는 나를 본다.

조금씩 내려놓고 비우리라 생각하면서도 버리고 비우지 못하는 이유를

그녀에게 사랑이 찾아오다

모르겠다.

정확히 말하면 알면서도 비우기를 거부하는 것이다.

사소한 것이라도 버리고 비우면 다 비워질까 봐, 다 떠나갈까 봐 두려운 거다.

태어날 때에는 조그마했던 몸. 그리고 꿈도 크지 않았는데, 살면서 욕심이 많아졌다.

헐거워진 마음을 매듭 묶듯이 단단히 조일 필요가 있는데, 그것도 맘대로 안 된다.

늘 티눈처럼 박힌 이루지 못한 욕망과 고개를 파묻고 울 만큼 간절했던 안타까운 사랑이 내 발목을 잡고 있다.

다 내려놓고 뜨겁게 사랑했던 여정, '행복했다' 며 격려하고 위로하며 가야 남은 삶의 여정도 웃으며 갈 수 있을 것 같아 이제는 조금씩 내려놓는 연습을 하고 있다.

간절히 소망했던 이루지 못한 꿈도⋯⋯.

치열하게 쫓아다니며 사랑했던 사람도⋯⋯.

기쁘고 슬프고 아프고 분노하며 행간을 채웠던 글밭도 다른 이에게 길을 터주며⋯⋯.

시작했던 설렘의 그 마음으로 조금씩 천천히 정리하며 가련다.

그래서 뒷모습이 아름다운 여인으로, 마음이 따뜻한 시인으로 남고 싶다.

이제는.

버리고 비울 것이
많지 않아 다행이다

♦

눈물겹도록 미친 사랑을 하다가
아프도록 외롭게 울다가
죽도록 배고프게 살다가

어느 날 문득
삶의 짐 다 내려놓고
한 줌의 가루로 남을 내 육신

그래 산다는 것은
짧고도 긴 여행을 하는 것이겠지
예습, 복습도 없이
처음에는 나 혼자서
그러다가 둘이서 때로는 여럿이서

그녀에게 사랑이 찾아오다   261.

마지막에는 혼자서 여행을 하는 것이겠지

산다는 것은 사실을 알고도 모른 척
사람을 사랑하고도 아닌 척
그렇게 수백 번을 지나치면
삶이 지나간 흔적을 발견하겠지

아… 그때는 참 잘했어
아… 그때는 정말 아니었어
그렇게 혼자서 독백을 하면서 웃고 울겠지

아마도 여행 끝나는 날에는
아름다운 여행이기를 소망하지만
슬프고도 아픈 여행이었어도
뒤돌아보면 지우고 싶지 않은 추억이겠지
짧고도 긴 아름다운 추억 여행

그래 인생은
지워지지 않은 단 한 번의 추억여행이야

-김정한

비울 것 비우며 버릴 것 버리며 욕심내지 않고 여기까지 왔다.

생각해보면 버려선 안 될 것까지 버린 때도 있었고, 잠시지만 나를 버린 때도 있었다.

눈물에 밥 말아 먹은 적도 있고, 창피한 줄 알면서도 굴욕인 줄 알면서도 나를 위해 흘리는 위선의, 악어의 눈물인 줄 알면서도 모른 척, 못 본 척하며 살기도 했다.

인고의 세월이라고 해야 하나.

살기 위해 죽을힘을 다해 버텨온 것 같다.

심장을 열어젖히면 아마도 새까맣게 변했을 정도로 참으며 견디며 온몸으로 버텨왔으니까.

살아온 날보다 살아갈 날이 훨씬 짧은 지금에서야 보인다.

앞으로 어떻게 살아야 내가 행복한지를……

그 하나만 생각하며 살았으니까.

세상에 버림받아도 나에게 받지 않기 위해…….

배고파도 배고픈 것을 참으며, 몸이 아파도 다 몸이 아플 거라 생각하며 다 그렇게 사는 줄 알았으니까.

비우라 하면 비우고, 버리라 하면 또 버리고, 버려서는 안 될 것까지 버리면서 살아왔으니까.

후회도 미련도 없다.

이렇게 욕심내지 않고 산 것이 행복이라는 걸 알았으니까.

더 이상 버릴 것도 비울 것도 많지 않아 편안할 것 같다.

떠날 때에는 처음 모습으로 편안히 돌아갈 수 있을 것 같아 참 다행이다.

바람 부는 날에는
그대에게 간다

사랑하지 않는 일보다 사랑하는 일이 더욱 괴로운 날,

나는 지하철을 타고 당신에게로 갑니다. 날마다 가고 또 갑니다.

어둠뿐인 외줄기 지하통로로 손전등을 비추며

나는 당신에게로 갑니다.

밀감보다 더 작은 불빛 하나 갖고서 당신을 향해 갑니다.

가서는 오지 않아도 좋을 일방통행의 외길,

당신을 향해서만 가고 있는 지하철을 타고

아무도 내리지 않는 숨은 역으로 작은 불빛을 비추며 나는 갑니다.

가랑잎이라도 떨어져서 마음마저 더욱 여린 날,

사랑하는 일보다 사랑하지 않는 일이 더욱 괴로운 날,

그래서 바람이 부는 날은 지하철을 타고 당신에게로 갑니다.

─김종해 '바람 부는 날'

사랑하지 않는 날보다 사랑하는 날이 더욱 괴롭다고 느껴질 때가 있다.

미칠 만큼 사랑하기 때문에 소유하고 싶고 집착하고 싶은 마음, 그 마음을 떨쳐내려고 애태우는 고통스런 날이 있다.

하지만 그런 마법에 걸린 날일수록 사랑하는 사람과 나 사이에 줄다리기는 끝이 없다.

나보다 더 많이 그를 사랑하는 사람일수록 소유하고 싶어하는 욕망이 짙다.

그것이 때로는 집착으로 나를 이끌기도 한다.

집착은 옳은 사랑법이 아니다.

나를 더 많이 사랑해야 있는 그대로의 그를 사랑할 수가 있다.

행복한 사랑은 소유하면서 사랑하는 것이 아니라 놓아둔 상태에서 사랑하는 것이다.

아무리 사랑하는 관계라도 항상 기쁨만 안는 것은 아니니까.

사랑 속에도 기쁨, 슬픔, 아픔, 분노도 존재하니까.

그 모든 것을 보듬고 마음으로 껴안을 때 나의 주인이 되는 '님'이 탄생한다.

사랑은 때로는 일방통행일 수도 있고 쌍방통행일 수도 있지만, 나만의 역이 되는 '숨은 역'이라는 일방적인 사랑은 무한한 고통을 수반한다.

다른 사람의 눈에 보이지 않고 오로지 사랑하는 사람의 눈에만 보이는 그 '숨은 역'에 도착하는 것이 사랑이다.

마치 해리 포터가 마법학교를 가기 위해 서 있었던 9와 4분의 3번 정거장처럼 말이다.

사랑의 역에 도착하느냐 못 하느냐는 나만이 알 수가 있다.

혼자 가야 할 길이기에 외롭고 두렵고 힘들지만, 가야 할 길이 나만이 아는 비밀통로이기에 거기서 나를 기다리고 있을 '님'을 생각하면 내가 가는 길이 황홀하고도 아름다운 여행길이 된다.

아름답고도 행복한 사랑을 만들어가는 방법도 둘만이 풀 수 있는 문제이다.

세상의 모든 사랑은 우리가 바라보는 하늘만큼 똑같지는 않으니까.

빗방울에
안부를 묻다 2

❢

너무 많은 빗방울 같은 문장들이 나를 찾아왔지만 보내고 버리고 잊히
고 스치다 보니 결국 빈 손이 되었다.

책장을 펼치듯 바스락거리는 소리에 집중할 수가 없어 행간 밖으로 기
다림을 던져버리고 하염없이 쉼표를 찍는다.

창문을 그으며 저 홀로 떨어지는 빗방울을 보며 아픈 마음을 위로하고
있다.

온전히 나의 마음을 행간 속으로 밀어넣지 못해 모니터를 껴안고 울기
도 했지만 다 부질없는 짓이라는 걸 알았다.

너무 많은 빗방울이 쏟아지지만 곧 하나의 공간에 갇히는 물이 되어 고
이는 것처럼 내 영혼의 몰입의 순간을 만나야 혼이 들어간 완전한
sentence를 만날 수가 있다.

떨어지는 빗방울은 소리없이 한 곳으로 고여 물가를 만드는데, 반나절
을 행간 속에 머물며 여행을 하고 있지만 온전한 문장을 찾지 못하고,

고였다가도 다시 감추고 감추다가도 다시 고이는 빗방울처럼, 만나지 못한 미래의 시간처럼 하나가 되지 못한 채 빈 여백의 행간만 안고 울 뿐이다.

여전히 태어나지 못한 나의 글을 기다리고 기다리다가 잠이 든다.

바람과 구름의 뜨거운 입맞춤이 빗방울을 쏟아내는 것처럼, 나의 오랜 기다림 그리고 경건한 침묵의 시간이 흐르면 기다림의 순간, 쉼의 순간, 침묵의 순간이 하나가 되어 치열하게 살아온 나의 역사가 되어 한 권의 책으로 태어난다.

경건히 찾아올 그때를 위해 지금은 워즈워드를 만나고 바흐를 만나며 쉼과 침묵의 시간으로 나를 위로한다.

아무도 재촉하지 않는 이 순간이 행복하다. 오늘은.

사랑, 서로에게
길들여지는 것

🕯

사랑한다는 것은 변화를 시작하는 것이다.

있는 그대로의 나를 보여주고, 있는 그대로의 그를 받아들이며 좋아하는 것이다.

그와 내가 하나가 되기 위해 노력하는 것이다.

마치 거대한 해일에 무섭게 뒤틀리는 바다도 어느 순간에는 순한 양처럼 길들여지는 것처럼,

서로에게 길들여지는 것이 사랑이다.

계산된 한계와 계산된 비교가 찾아오면 이미 그 사랑은 문밖의 사랑이 되어 떠나가는 것이다.

둘이 하나가 되고 하나가 세상이 되어 완전함을 이끌어내는 초인적인 힘이 필요하다.

그래서 노래 가사에도 나오듯이 Power of love, 사랑의 힘은 위대하다.

서로를 경배하는 마음이 사랑이다.

사랑 또한 잃고 나서야 소중한 가치를 깨닫게 된다.

사랑에 있어 모든 조건을 갖춘 완벽한 그(그녀)는 이 세상에 단 한 사람도 존재하지 않는다.

장점은 살리고 단점은 감싸 안으며 사랑하며 사랑하는 법을 배우는 것이 현명한 사랑법이다.

내게 온 것들을 감싸 안아 뿌리를 내려 결국 잎이 피고 열매가 달리고 아름다운 꽃을 피우게 하는 것이 완전한 사랑이다.

완전한 사랑을 이끌어내는 데는 노력과 정성과 기다림의 시간이 필요하다.

사랑, 어쩌면 세상에서 가장 두렵고도 무서운 잔혹한 형벌인지도 모른다.

비밀이 생겼다

길을 가다가 너무 아름다운 풍경을 만나면 멈춰 서서 우두커니 바라보다가 가야 할 길을 잃어버리는 것처럼, 사랑하는 순간 내 인생에 대한 네비게이션이 멈춰버린다.

그래, 나의 사랑도 시작은 그리움이었겠지.

나비처럼 내려앉아 푸른 날갯짓으로 나를 감싸 안았으니까.

그래서 그 순간 정신을 잃었으니까.

때로는 폭풍이 불어 내 꿈의 정원을 폐허로 만들어놓았지만 흔들리거나 밀어내지 않았다.

이제는 시간의 켜 속에 눈물이 되고 한숨이 되어 심장에 지울 수 없는 붉은 소인을 남겼다.

매 순간 세상에서 가장 아름다운 불을 피우며 때로는 꺼질까 봐 조심조심 불 조절을 하며 여기까지 왔다.

그 어떤 삶의 비밀이 사랑처럼 이토록 두근거리고 설렘을 안겨줄까.

강렬한 눈빛의 마성의 매력을 가진 조쉬 하트넷은 아니지만 여전히 나를 설레게 하는 최고의 남자이니까.

평생을 바쳐온 사랑이지만 그를 보면 여전히 두근거리니까.

이젠 사랑하는 그 마음까지도 나만의 비밀이 되었다.

그 비밀은 소리없는 아우성이 되어 내 안에 머물지만, 참 많이 힘들고 두려웠지만,

차마 그 누구에게도 아프다고 힘들다고 말하지 않았다.

사랑하는 그 사람에게조차 차마 말할 수가 없었다.

그가 아파하는 걸 보고 싶지 않았으니까.

나 혼자 감당하는 것이 내 사랑에 대한 예의라고 생각했으니까.

누구에게도 말하지 못한 비밀, 그것은 사랑의 비밀이었다.

직관으로
찾아오는 것

ꝑ

이제 때가 된 것을 직관으로 느낀다.

아마도 인생에 있어 남녀간의 불꽃 튀는 사랑의 순간은 길지도 짧지도 않은 연극의 1막에 불과하다는 것을…….

서로를 간절히 원하는 탐욕의 몸짓 속으로 수렁에 빠지듯이 한순간에 빨려들지만, 마시고 토하고 그러면서도 또 마시는 알코올에 중독된 사람처럼 사랑 또한 갈증의 몸부림 속에 오래도록 허우적거리면서도 한편에서는 이별의 잉태를 느낀다.

거역할 수 없는 이별의 순간은 찾아온다는 것을 지독한 사랑을 하는 사람일수록 본능적으로 느낀다.

영원히 나의 헤르메스, 나의 아프로디테가 되어주길 사랑을 시작하는 사람들은 그 누군가에게 맹세를 한다.

하지만 그 어떤 사랑도 고속도로처럼 한 길로 뻗어 있는 편안한 길은 없다.

낯선 곳을 여행하는 이방인처럼 때로는 잘 포장된 고속도로도 만나고, 때로는 갈림길도 만나고, 때로는 낭떠러지에 떨어져 죽기 직전까지 가는 사랑도 있다.

인생이 고행의 길이라 하지만, 사랑도 마찬가지다.

희생과 배려 그리고 온 정성을 다 바쳐야 내가 사랑하는 그를 지킬 수가 있다.

사랑 또한 움직이는 생물체라 한순간 한눈을 판 사이에 시들거나 죽거나 다른 생명체로 옮겨간다.

'간절함과 지독함'으로 모든 것을 바쳐야 나의 사랑이 되어 내 곁에 머문다.

하지만 아무리 반듯하고 건실한 사랑을 나눈 사이라도 함께 죽지 않는 한 한 번은 헤어져야 한다.

그게 운명이고 숙명인 애가 타는 인간의 사랑이다.

한 사람을
사랑했다

♀

그가 보내준 생일선물 속에 숨겨진 손편지,

"생일 축하해, 그리고 사랑해"란 단 한 문장에 마음이 흔들렸다.

생일날이면 늘 어딘가에 꼭꼭 숨어 있는 나를 위해

표현을 잘 하지 않는 성격의 소유자인 사람,

많은 망설임과 함께 깊은 마음을 담은 그의 메시지는 충분히 나를 흔들리게 했다.

짙은 향기의 붉은 장미 꽃다발 그리고 그의 마음까지 받은 것이 반 잔의 와인에도 취하게 만들었다.

카드에 적인 한 줄의 메시지에 그의 목소리가 들리는 듯하고,

현실과 추억을 착각할 만큼 가깝게 다가오는 그의 체취에 오래도록 취한 채 멍하니 창밖을 바라보았다.

오래도록 사랑을 나누었던 역사의 주인공이었던 그와 나,

흐릿하지만 1년, 5년, 10년이 흘러도 지워지지가 않는다.

잊었던 기억들이 순서대로 튀어나와 아픈 추억으로, 눈물의 추억으로 이끈다.

시원한 폭포수처럼, 가냘픈 봄비처럼 흘러내린다.

그리움의 붉은 옷, 기다림의 푸른 옷 모두 기쁨이었다. 그때는,

함께 만든 물결이 수십 년을 돌고 돌아 내 몸과 마음속으로 파고든다.

지독한 사랑의 추억이 나를 흔들어놓는다.

언젠가 한 번은 덕수궁 돌담길을 지나다가 마주칠지도 모르지만,

아니, 영원히 마주치지 못하고 생을 마감할지도 모르지만,

다시 한 번 우연이라도 부딪친다면 묻고 또 묻고 싶다.

'그때 정말 나를 사랑했냐고……. 그렇다면 왜 나를 서둘러 떠났냐고…….'

현실과 이상의 세계 속에서 사랑은 여전히 흔들리며 춤을 추지만,

이제는 삶의 지혜를 배우듯 사랑도 현실과 조화를 이룬다.

아마도 나이 탓이겠지만, 오늘은 흐르는 시간을 그리움 속에 담그고 추억 속으로 나를 보낸다.

넘치도록 부풀어가는 욕망의 몸짓이 나를 흔들어놓을지라도.

사랑 후에
오는 것들

♦

사랑으로 인하여 나는 새로운 사람으로 태어나 새로운 경험을 지니게
되었으며, 아낌 없이 베풀고 나눠주는 것이 사랑이라는 것을 알았다.
그리고 간절함이 서로를 온전히 사랑하고 이해한다는 것도 알았다.
어떤 것이 사랑이고 연민인지도 정확히 알았다.
사랑으로 인하여 배려가 무엇인지 너그러움이 무엇인지 알게 되었고,
사랑 때문에 하루 내내 미소 지을 수 있다는 것도 알게 되었다. 사랑으로
인해 함께 성숙하고 함께 존재한다는 것을 사랑하면서부터 알게 되었다.
있는 그대로의 서로의 존재를 받아들이며 사랑하는 것이 함께 나누는
진정한 사랑이라는 것을, 사랑하면서 사랑을 알아가면서 사랑을 배우게
되었다.
사랑은 결국 서로에게 기대면서 커가는 둘이 함께 성장하는 나무라는
것을 사랑하면서 알게 되었다.

사랑愛의
분계선에 서서

🌢

하늘과 땅 사이로 흘러내리는 빗방울의 현의 소나타는 오늘도 어김없이
시작되었다.

어떤 이에게는 기쁨의 울림으로, 어떤 이에게는 슬픔의 울림으로 다가
와 생활의 주인공으로 만든다.

나는 오늘도 슬프게 울고 있는 커피 잔을 들고 오래도록 정지된 현을 고
르며 기다림을 먹는다.

길 위에 고이는 빗물처럼 기다림도 그리움을 고이며 모른 듯이 스며들
었으면 좋겠다.

환히 웃는 햇살처럼, 투명한 쇼윈도의 말없는 마네킹처럼 표정 없이 서
있다.

간절한 그리움, 달콤한 첫 키스처럼 서로의 마음속에 스며들던 스물다
섯 살의 사랑이 다시 깨어나 내가 바라보는 그에게로 열렸으면 좋겠다.

내가 도착하고 싶은 별자리를 지나 시간은 밑으로만 운행하고 있다.

그와 나의 아픈 사랑의 분계선은 여기까지인가 보다.

불러낼 수 있다면, 그래서 다시 만날 수 있다면,

스물 다섯 살에 흐르던 그 느낌, 그 생각, 그 욕망을 더하지도 않고 빼지도 않고 그에게 향한 길섶으로 풀어놓고 싶다.

사하라 사막에 뜨는 붉은 달처럼 오로지 그의 심장에 뜨고 지는 단 하나의 붉은 달이고 싶다.

그래서 오래된 이 그리움을 벗어버리고 싶다. 이제는.

서로의 이름을
불러주는 꽃이 되는 것

♦

내가 그의 이름을 불러주기 전에는

그는 다만

하나의 몸짓에 지나지 않았다.

내가 그의 이름을 불러주었을 때

그는 나에게로 와서

꽃이 되었다.

-김춘수 '꽃'

쇼팽의 녹턴에 박자 맞추듯 비가 내린다.

누군가의 충혈된 동공 속으로 떨리는 내 눈길 빨려들 듯 휘감긴다.

어둠을 밝혀주던 가로등 불빛도 나직한 호흡으로 휴식을 취하나 보다.

녹턴의 악보 위에 내 떨리는 심장을 대고 그대의 호흡소리를 듣는다.

해독할 수 없는 아라비아의 상형문자가 방 안에 떠돈다.

마치 작업할 때에 행간을 채우는 견고한 시상처럼 반짝인다.

때로는 그의 거룩한 호흡소리에 맞춰 소리내지 않는 바람의 후예가 되고 싶고, 때로는 그의 율법에 따라 생각하고 행동하는 히잡을 두른 그의 여인이고 싶다.

때로는 시인이라는 호칭을 벗어버린 채 한잔의 술을 들이키며 문법과 맞춤법이 맞지 않는 어휘를 써가며 섞이고 흔들리는 일상을 살아가는, 지극히 인간적인 사람이고 싶다.

한 사람이 처음 내게로 와 꽃이 되었을 때, 그리고 내가 그의 이름을 처음 불러주었을 때,

그때 그 느낌으로 사랑하고 싶다.

첫 생각. 첫 마음. 첫사랑의 그때로 돌아가 생각하고 행동하며 살고 싶다.

글의 시작이 그 사람이었듯이 글의 끝도 그이기를 간절히 기도한다.

나를 위해 움직이는 첼로의 현처럼 내가 그의 생각을 완전히 읽을 때까지 그 사람 곁에서 그 편이 되어 마지막까지 머물고 싶다.

그 사람 또한 내 마음을 읽을 때까지 내 곁에 마지막으로 남는 사람이었으면 좋겠다.

서로의 마음을 위로하고 보듬고 배려하는 사랑의 연금술사가 되기를 기도한다.

사랑,
존재확인서

❢

너의 이름을 불러주었을 때 내게로 와 꽃이 되었다는 김춘수님의 사랑법이 아니더라도, 이름을 부르지도 않았는데 그는 어느 날 내게로 와 우연이 숙명이 되어 나만의 불멸의 꽃이 되었다.

어쩌면 이미 예정된 사람, 예정된 인연에 의해서 만났는지도 모른다.

언제인가는 예정된 그곳에서 예정된 이별식을 치르겠지만.

전신에 피로 범벅된 뱀파이어의 잔혹한 사랑보다 더 치열하게 사랑하고 싶다.

사랑의 완성은 그리고 종착역은 예정된 이별의 끝이라는 것을 알기 때문에.

사랑할 시간이 그리 많지 않기 때문에 더 치열하게 더 잔혹하게 몰입하여 사랑할 것이다.

내가 사랑하는 이유는 사랑이 내 곁에 있음을 증명하기 위함이다.

사랑하는 방법은 사랑을 언어라는 수단을 이용해서 표현하기도 하고 때로는 몸짓으로 사랑을 전할 수가 있다.

사랑 속에서 내 삶을 표현하는 것이 사랑법이다.

작은 키보드 앞에서 shift-key를 이용해서 사랑을 쓰고, 사랑을 저장하고, 작은 모니터를 통해 그를 만나기도 한다.

그래서 끝없이 집착하면서 몰입하고 확인하는 사랑, 그것은 결국 내 존재를 확인하는 살아 있음을 증명하는 '존재확인서'와 같은 것이다.

사랑, 그것도 유효기간이 지나면 표절도, 저작권도 죽음과 함께 사라지는 허무한 꿈일 뿐이라는 것을……

살아 있을 동안에 치열하게 사랑하는 것이 사랑의 완성이라는 것을……

사랑한다는 것은 내가 살아 있다는 '존재확인서'라는 것.

꽃을 피워야
사랑이다

시간이 흐르다 보니 사랑도 처음에는 씨앗 하나로 시작이 된다.

작은 씨앗에 정성을 들여 물을 주고 가꾸면 꽃이 피는 사랑 나무가 된다.

나무가 된다고 해서 모두 꽃을 피우지는 않는다.

가지를 치고 바람에 쓰러지면 다시 일으켜 세워 하염없는 정성을 들여야 온전한 나무가 되는 것처럼,

사랑도 마찬가지다. 진심에서 우러나오는 사랑이 없으면,

시들거나 병이 들어 사랑 나무는 죽는다.

사랑하는 동안 둘이 함께 사랑과 정성으로 보살펴야 하는 여정이다.

지나친 욕망과 집착은 사랑을 아프게도 하고 병이 들게도 한다.

맑간 영혼, 순순했던 첫 마음을 간직하기 위해서는,

느긋한 기다림과 치열한 정성 하나로 사랑에 목숨을 걸어야 한다.

사랑을 배우다

오는 듯 안 오는 듯하면서 수줍은 여인처럼 가을은 먼저 와 나를 기다
린다.

한여름 더위에 지치는 동안 더 이상 가을을 만날 수 없을 것 같았는
데…….

두려움을 벗어버리게 해준 고마운 그가 가을이다.

사랑도 기다리면 반드시 만남이 이루어진다는 희망을 안겨주니까.

그래서 가을이 반가운 손님이 되었다.

물먹은 소금처럼 묵직한 삶의 무게를 내려놓고 살아가는 방법을, 나를
이기는 방법을 배우기 위해 머물렀던 고창 염전밭에서의 3일간의 추억
이 생각난다.

소금밭에서 걷어올린 묵직한 소금이 창고에 채워지는 것처럼, 부질없는
욕망을 내려놓지 않는 한 살아갈수록 삶의 무게는 늘어난다는 것을 염
부에게서 배웠어도…….

여전히 내 것이 되지 못한 지혜가 가까운 듯 먼 곳에서 나에게 손짓한다.

제발 내려놓으라고, 그래야 편해진다고…….

그럼에도 불구하고 불쑥불쑥 찾아와 들러붙은 해묵은 욕망이 나를 괴롭힌다.

바람이 강하면 소금 굵기가 가늘고 햇볕이 약하면 소금 양이 적다며, 정성과 정직함으로 살아야 튼실한 소금이 가득 찬 소금 창고를 만날 수 있다는, 오월 고창에서 만난 구릿빛 얼굴의 염부의 말이 떠오른다.

자신의 수분을 다 내어주고도 정작 마르지 않는 소금처럼 나에게 맞는 욕망으로 삶의 밭을 가꾸어야 하는데…….

그게 쉽지가 않다. 부질없는 욕망이 나를 괴롭힌다.

현실은 꿈이 아니라는 것을…….

내 꿈이 아닌 꿈은 이룰 수 없다는 것을…….

온종일 기다리며 살았던 오늘 시간이 정확히 알려주었는데…….

계절이 오고 가듯 생각이 깊어지면 철이 든다고 흐르는 시간도 가르쳐 주었는데…….

몽글몽글 내 생각 속에 저장된 부질없는 욕망을 풀어내서 버려야 잘 사는 길이라고 바다는 알려주었는데…….

행동으로 움직이는 것이 쉽지가 않으니까. 그게 문제다. 지금 나에게는.

가을볕에 곱게 물들 듯 붉게 물든 마음 더 깊숙이 물들지 않게 하기 위해 볕 들지 않는 창고에 감춰둔다.

그 어느 날 누군가에게 깊숙이 물들어도 죄가 되지 않는 그런 날이 허락
된다면, 그때 다시 꺼내어 희디흰 소금처럼 깨끗하고 순결한 모습으로
물들고 싶다.

사랑할 수 있는 날이 온다면, 그런 날이 예정되어 있다면, 주저 없이 기
쁘게 맞으리라.

주황의 뜨거움으로 꽃비 내리듯 수북이 쌓인 낙엽처럼 잔잔히 속삭이
리라.

참 많이 그리웠다고…….

사랑은 받을 때보다
줄 때가 더 빛이 난다

간밤에 불던 비바람에 공원 단풍나무의 붉은 나뭇잎이 다 떨어지고 말았다. 그렇게 다 털어내고도 나무는 아무렇지 않은 듯 씩씩한 모습으로 아침을 맞고 있다.

다 내어주고도 더 줄 것이 없어 미안해하는 내 부모님의 마음 같다.

어쩌면 위기와 좌절을 이겨내고 새롭게 시작하기 위해 아침을 맞는 사람 같아 보인다.

점점 수액이 빠져 앙상해지는 가지 사이로 나무는 바람에게 속삭인다.

'주는 것이 행복한 거야. 줄 것이 있다는 것은 행복이지.'

꼭 많이 갖는 것을 경계하는 나에게 하는 말 같다.

"줄 것이 없으면 따뜻한 웃음을 주고 칭찬을 해주어라"라는 성공한 선배의 말이 생각이 난다.

이 세상에 줄 것이 없는 사람은 단 한 사람도 없다는 것을 느낀다.

물질이 아니더라도 마음 그리고 지혜 그리고 지식 그리고 재능도 줄 수가 있다.

마음만 먹으면 주지 못할 것은 없다는 것이다.

줄기찬 사랑을 베풀고도 미안해하시는 어머니의 희생적인 사랑처럼, 주고 또 주고도 미안해하는 그 마음이 진정한 사랑이라는 것을 다시 한 번 느낀다.

줄 수 있다는 것은 행복이다.

나무가 낙엽을 내어주는 것도 행복이고, 부모가 자식에게 물질을 내어놓는 것도 사랑이고, 자식이 아픈 부모를 위해 신장을 내어주는 것도 사랑이고, 아픈 자식을 위해 더 해줄 것이 없어 밤새도록 간병하며 기도하는 것도 사랑이다.

줄 수 있는 그 마음을 갖는 자체가 이미 절반은 준 것이나 다름없으니까.

사랑은 주는 것이 받을 때보다 더 행복하다는 것을, 사랑을 주고받은 사람은 잘 안다.

사랑은 받을 때보다 줄 때가 더욱 아름답고 빛이 난다는 것을…….

안드로메다
사랑이여

하늘에 떠 있다고 다 별이 아니다.

제 몸을 태워 빛을 내야 별인 것처럼, 사랑도 태우고 태워 스스로 빛을 내야 사랑이다.

내 사랑은 나그네가 길을 잃지 않기 위해 좌표로 삼았던 북극성보다 더 먼 곳에 있나 보다.

200만 년을 가야 만날 수 있다는 안드로메다 은하에 걸려 있나 보다.

그래서 이렇게 더디게 움직이나 보다.

그리움이 깊어 어서 오라고 손짓하면 멀리서 혼자 반짝인다.

너무 고독한 '안드로메다', 기다림에 '서러운 나', 그저 안타까울 뿐이다.

바라보기만 해야 하는 안타까운 사랑이여!

만질 수도 없는, 나의 시리도록 시린 안드로메다 사랑이여!

그리움을 잘게 부수어 작은 깃털을 만든다.

그가 있는 그곳을 향해 힘껏 날려 보낸다.

거기까지 가는 데 오랜 시간이 걸리겠지만 더디더라도 무사히 도착했으면……

그리움의 깃털은 높이 높이 날아오른다.

만질 수 없어 더욱 아픈 손, 마주 볼 수 없어 더욱 아린 가슴,

'안드로메다'를 향한 안타까운 이 마음을 어찌할까.

서른 애愛

🔆

마지막 여행지에서 만난 여관방 유리잔에 꽂혀 있는 막 피어오른 분홍 장미가 짙은 향기를 토해낸다.

수많은 여행자들이 남긴 지문이 하얀 백지 위에 조그만 글자로 박혀 있다.

'2000. 10. 29. 민지 가족 다녀가다' 라고······.

아무리 생각해봐도 쓸 말이 없다. 나는.

밖으로 나와 동해에 있는 바닷가 백사장을 걸었다.

어슴푸레한 석양을 뒤로 하고 곧 어둠이 태어날 것 같다.

멀리서 고기잡이배도 돌아오고 있다.

이 길의 끝은 또 다른 누군가에게는 시작이 되리라.

노을에 취한 팽이갈매기가 '꽈이오' 외치며 더 높이 날아오른다.

비릿한 바다 내음이 무척이나 그리웠는지 두 손 안에 바닷물을 담아 코 끝에 댄다.

옆에서는 쉴새없이 허공을 향해 셔터를 눌러댄다.

바람도, 갈매기도, 나도 잠시 정지를 한다.

그 많은 풍경을 내 눈동자에 담아 심장으로 보낸다.

아마도 마음이 곧 해독하여 뇌로 전달되리라.

그럼 다시 그 무엇으로 나타나리라.

오징어 회, 조갯국도 맛있었지만 너무 아름다운 풍광이 편안함을 주었다.

서른을 마감하면서 삼척에서의 하룻밤은 참 편안하고 행복했다.

존재의 슬픔

❦

지금 헤어짐이 운명이라면
다시 만나는 인연은 숙명일까.
돌아올 수 있을까. 다시 만날 수 있을까.
운명이라면, 숙명이라면 가능할지도.
쓸어도 쓸어도 사라지지 않는 그리움 하나,
덕수궁 돌담길 버림받은 낙엽 되어 바삭바삭 타들어가듯 아픈 소리를
낸다.
또 다른 인연을 찾는 것일까.

기다림에 물들면 아픔이 되고
그리움에 물들면 사랑이 된다

❡

하나의 메일을 읽다가 낯익은 얼굴이 떠올라 목이 콱 멘다.

흘림체로 써내려간 이별의 메일 앞에 소리내어 울었다.

가만히 앉아 있어도 익숙한 그리움은 조릿대를 흔드는 바람처럼 나를
감싸 안는데…….

나 어찌할까.

그가 나를 보고 얘기하는 것 같아, 모니터를 두 손으로 꺼안고 한참을
울었다.

사랑하기 때문에, 행복해야 하기 때문에 보낸다는 메시지였다.

내 작은 동공 속으로 그가 들어오고, 순간이 영원으로 변한 사랑.

기다림에 물들면 아픔이 되고, 그리움에 물들면 사랑이 된다는 것을.

서로를 향해 타오르던 불꽃은 결 고운 사랑으로 붉게 물들어버렸는데
어찌 내려놓으라고…….

가장 아름다운 순간을 만나기 위해 얼마나 오랜 시간을 견뎌왔는데…….

잊으라니. 떠나라니. 이 무슨 잔혹한 형벌인가.

무릎을 꿇고 빌어도 소용이 없는 걸까? 하염없이 눈물만 흐른다.

한 곳으로 움직이는 사랑의 파열음, 그리고 여전한 붉은 얼굴에 붉은 심장의 떨림.

그리움이 차곡차곡 쌓여 화석처럼 단단해졌는데…….

내려놓으려 하니 가라앉았던 기억들이 두근거리며 한꺼번에 떠오른다.

지울 수 없을 것 같다. 잊을 수 없을 것 같다. 버릴 수 없을 것 같다.

말한 대로 된다는 주문 '아브라카다브라', '수리수리 마수리'를 수없이 외쳐보기도 하고,

'사랑한다, 사랑하지 않는다' '보낸다, 보내지 않는다' '잊는다, 잊지 않는다'를 장미꽃잎으로 '꽃잎 점'을 확인하지만,

대답은 보내지 말라고 한다. 잊지 말라고 한다. 여전히 사랑하라고 한다.

그게 정답이라고 내 마음이 대답하는데…… 어찌할까?

이 순간 나를 잊으라는 그에게 스물네 살의 첫사랑을 앓는 여인으로 돌아가 묻고 싶다.

평생을 신념처럼 하나의 약속을 위해 빈 들판의 주목처럼 살아온 나는 정녕 그대에게 무엇이었냐고.

미움, 분노,
섭섭함을 털어내기

ꭗ

스물, 서른의 시간은 일과 사랑에 있어 모험적인 활동이 많은 시기라 크고 작은 상처가 많다. 상처를 준 사람, 상처를 받은 사람 모두 상대방에게 미안함, 미움, 분노를 안고 살아간다.

서른이 한참 지나고 나면 이런 것들도 반성, 후회와 자책으로 돌아온다.

시간이 용서를 하는 것이다.

이 세상에 용서하지 못할 일은 없다.

과거의 서운한 감정, 묵은 분노를 털어내지 않는 한 그것이 내 발목을 잡아 앞으로 나아갈 수가 없다.

새로운 감정이 들어갈 여백이 없다는 말이다.

먼 훗날 화려한 비상을 꿈꾼다면 지금 내가 안고 있는 묵은 미움, 분노, 섭섭한 감정을 털어내야 한다.

과거의 감정을 갖고 있는 한 과거 속에 나를 가두어 현재를 힘들게 하고 미래의 꿈마저 이룰 수 없게 만든다.

어찌

나보다 더 그리웠겠습니까

행여 그대 오실까

앉지도 서지도 못했던 나

그대 고운 발길에

애드벌룬처럼 부풀어 오르는 내 맘

그대는 아실런지요

속눈썹 끝에 매달린 기다림의 눈물들

이제서야 떨어집니다

어찌

나보다 더 그리웠겠습니까

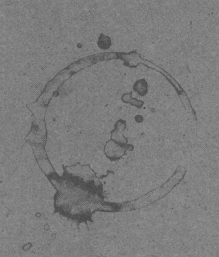

잘 있었나요 내 인생

초판 1쇄 인쇄 2013년 2월 13일 | 초판 1쇄 발행 2013년 2월 20일
초판 2쇄 발행 2013년 6월 24일 | 초판 3쇄 발행 2014년 9월 19일
지은이 김정한 | 펴낸곳 미래북 | 펴낸이 임종관
제 302-2003-000326호 | 서울시 용산구 효창동 5-421호 | 전화 02)738-1227(대) | 팩스 02)738-1228
E-mail miraebook@hotmail.com | 경기도 고양시 덕양구 화정동 965번지 한화 오벨리스크 1901호
북디자인 디자인홍시
ⓒ 김정한
ISBN 978-89-92289-52-8 03810